中国优秀传统文化丛书

民间笑话中的优秀文化

主编 席涛

合肥工业大学出版社

图书在版编目(CIP)数据

民间笑话中的优秀文化 / 席涛主编. —合肥：合肥工业大学出版社，2012.12
（中国优秀传统文化丛书）
ISBN 978-7-5650-1161-0

Ⅰ. ①民… Ⅱ. ①席… Ⅲ. ①笑话—作品集—中国
Ⅳ. ①I277.8

中国版本图书馆 CIP 数据核字(2013)第 005373 号

民间笑话中的优秀文化

席　涛　主编　　　　责任编辑　郝共达

出　版	合肥工业大学出版社	开　本	710mm × 1000mm　1/16
地　址	合肥市屯溪路 193 号	印　张	11.25
邮　编	230009	印　刷	合肥瑞丰印务有限公司
版　次	2012 年 12 月第 1 版	印　次	2024 年 1 月第 3 版

ISBN 978-7-5650-1161-0　　　　定价:39.80 元

目 录

诙谐笑话

寓言笑话

民间逸闻

傻 女 趣 事

巧 女 趣 事

傻 男 趣 事

嘲讽笑话

要钱不要脸

有个老财，跟别人一起吃喝，从来都是白吃白喝不掏钱，外号“小气鬼”。

他的俩伙计看不下去，就想治治他。一天，这俩伙计弄了一桌酒菜，叫他去吃，开桌先立个规矩：各人要说一样东西，改成另一样东西，还剩两样东西；谁说不对，谁掏酒菜钱。

“小气鬼”叫俩伙计先说。一个伙计说：“我有一条裤子，改成裤头，还剩两条裤腿。”另一个伙计说：“我有一件布衫，改成汗衫，还剩两只袖子。”

俩伙计说完看着“小气鬼”，单等着吃不掏钱的酒菜，想不到“小气鬼”说：“我有一张脸，改成屁股，还剩两只耳朵。”俩伙计问他：“你还要脸不要？”“小气鬼”说：“要脸不就得往外拿钱吗？不要脸啦！”

（讲述：赵东海　采录：李希成）

拾　白　菜

有个抠搜的财主,连一个钱的菜都没买过。这一天,有个卖菜的从他家门口过,掉了一棵白菜。财主看见了,赶紧跑过去拾回家,心想:真是好运气,有这棵白菜不就省几个馍吗?没想到,全家人平时没吃过菜,这天一吃菜不仅没省馍,反倒多吃了几个馍。财主直后悔不该拾回这棵白菜。

又有一天,卖菜的又在他家门口掉了一棵白菜,财主忙拾起来给卖菜的送去,说:“你还想坑我吗?上一回就为它多吃了馍,这一回我再不上当啦!”

(讲述:毛凤云　采录:吴梦敏)

县官儿断案

一个姓白的人和一个姓贾的人,合伙儿逮了一条百十斤重的娃娃鱼。俩人怕娃娃鱼死了少卖钱,就用一口棺材盛上水,把鱼放里头,拉到城里卖。鱼还没卖哩,俩人就为分鱼钱的事吵起来了,吵着吵着打开了,最后拉着棺材去打官司。

县官儿一见棺材里的娃娃鱼眼可红了,听他俩把根由说完,提笔写了判词:二人姓白姓贾,因为卖鱼厮打。鱼是罪魁祸首,留在县衙受罚。每人对油十斤,拿来下锅烹炸。棺盖你们带走,棺槽老爷喂马。

(讲述:吴根兰　采录:吴韵芳)

别 用 手 打

一个人有急事走得慌张,迎面撞到了县官儿,县官儿抬手就打。这人求告说:“我情愿让你用脚踢,千万别用手打。”县官儿感到可笑,就问:“为啥不叫用手打?”这人说:“听人家说,啥事一经你的手,就得花银子呀!”

(讲述:娄子安　采录:岳修武)

国王的座位

（藏族）

有一次，国王和登巴叔叔讨论人死后的归宿。登巴叔叔说：“人死了都有自己的座位，有的人在天堂，有的人在地狱。”

国王问：“什么人的座位在天堂？”

登巴叔叔说：“好人的座位在天堂。”

国王问：“什么人的座位在地狱？”

登巴叔叔说:“坏人的座位在地狱。”

国王又问:“那么,你看我的座位在哪里?”

登巴叔叔说:“依我看你的座位应该在天堂,因为你自己常说自己是好人。可是我听说天堂的座位已经摆满了,放不下你的座位了。”

国王说:“那怎么办呢?”

登巴叔叔笑着说:“你就到地狱里去吧,那儿和你的情况相同的人还不少呢!”

(整理:陈　拓)

皇帝衣帽

有个叫花子从北京回来,向人夸口说曾看见过皇帝,有人问他道:

“皇帝是怎样打扮的?”

叫花子说道:

“皇帝头戴白玉雕成的帽子,身穿黄金打成的龙袍。”

那人又问道:“金子打的龙袍,穿了怎么作揖?”

叫花子啐了他一口,说道:

“你真是不知世事,已经做了皇帝,还同哪个作揖?”

(清・石成金《笑得好》)

官读别字

有个用钱捐来的县官,不大识字。有一天坐堂审问案件,文书送上名单,上面写着原告、被告、证人三人的名字。原告叫郁工耒,被告叫齐卞丢,证人叫新釜。县官握笔点原告郁工耒的名字,错唤道:

“都上来!”

三人一齐走上前。县官大怒道:“本县只叫原告一人,为什么都上堂来?”

文书在旁,不好直言他叫错了,因而说道:“原告名字,另有念法,叫郁

工耒，不叫‘都上来’。”

县官又点被告的名字齐下丢，错叫：“齐下去！”

三人一齐退下堂去。县官又大怒道：“本县只叫被告一人，为什么全下去？”

文书又说道：“被告名字，也另有念法，叫齐卞丢，不叫‘齐下去’。”

县官说道：“既然这样，那么证人的名字，你说念什么？”

文书说道：“叫新釜。”

县官听后，转怒为喜，说道：“我就估量它必定也另有念法，不然，我要叫它作‘亲爹’了。”

（清·小石道人《嘻谈续录》）

白字先生

有位先生常读白字，东家跟他讲明：每年给谷子三石，伙食费四千。如教一个白字，罚谷一石；如教一句白字，罚钱二千。先生来了后，和东家上街闲走，见一块石头上刻着“泰山石敢当”，先生误认作“泰山石取当”。东家说道：“白字一个，罚谷一石。”

回到书房,教学生读《论语》,“曾子曰”读作“曹子曰”,“卿大夫”念作“鄉①大夫”。东家说道:“又是两个白字,三石谷子全罚光,只剩伙食费四千钱。”

另一天,又将“季康子”读作“李麻子”,“王日叟”念作“王四嫂”。东家说道:“这是白字两句,全年伙食费四千,全部扣掉。”

先生作诗来感叹此事道:

“三石租谷苦教徒,
先被泰山石取乎。
一石输在‘曹子曰’,
一石送与‘鄉大夫’。”

接着又叹道:

“四千伙食不为少,
可惜四季全扣了;
二千赠与‘李麻子’,
二千送与‘王四嫂’。”

(清・小石道人《嘻谈初录》)

换　粪

有一家积有一窖粪,向人卖钱,要价四百文,然而买粪的人,只肯出二百文。主人大怒道:

“这是狗粪吗?就这样不值钱!”

买粪的人也大怒道:

“你发什么火?又没有吃了你的!”

(明・醉月子《精选雅笑》)

---

①鄉:同“乡”,古时所使用的繁体字。

假作慈悲

从前有个人念佛时，不小心把念珠掉在肉酱里，被猫衔走了。一群老鼠看见了，齐声说道：

“猫爷猫爷，如今慈悲了，想必不来害我们了。”

眨眼的工夫，猫放下念珠，捕了一只大老鼠，撕扯住吃了个痛快。一群老鼠叹息道：

“这种慈悲人，若跟他交往，皮毛骨头都会被他吃尽的！”

（明 · 无名氏《华筵趣乐谈笑酒令》）

邢　矮

邢进士身材矮小，曾经在鄱阳湖遇到强盗，强盗已经拿了他的钱财，打算杀了他，以除后患。正要举刀，邢进士以风趣的口吻对强盗说：

“人们已经叫我邢矮子了，若是砍掉我的头，那不是更矮了吗？”

强盗不觉大笑，放下了刀。

（明 · 姚旅《露书》）

藏贼衣

有一贼窜入一户人家偷窃，但是，那户人家相当贫穷，屋内空空的，只有床上放着一坛米。贼想：把这米拿了去煮饭也不错。因不便携带，就将自己的上衣脱下来，铺在地上，准备抱米坛倒米。这时，床上的夫妻俩，丈夫先醒，借着月光看见贼转身取米，丈夫在床上悄悄伸手，把贼的上衣抽去，藏在被子里，贼回身寻不见衣服。妻子后醒，慌忙问丈夫道：

“房中窸窸窣窣的，恐怕有贼吧？”

丈夫说道：

“我醒来多时了，并没有发现有贼啊！”

这贼听见有人说话,慌忙高声喊道:

“我的上衣刚放在地上,就被贼偷去了,怎么还说没有贼呢?”

(清·石成金《笑得好》)

有天没日

炎热的夏天,有几位做官的聚在一起商议公事。偶然间闲聊起,五黄六月的时节,天气热死人,想找个乘凉消暑的地方。

有个官员说道,某个花园的水阁上很凉快。

又一位官员说道,某个寺院的大殿上很凉快。

旁边的几个百姓异口同声地说,各位老爷要找凉快的地方,哪里也比不上某某衙门的大堂上凉快。

各位官员吃惊地问道:

“你们是怎么知道的?”

那几个百姓答道:

“那是有天没日头的地方,怎么能不凉快呢?”

(清·石成金《笑得好》)

取　金

有个县官，用红笔批了张条子，打发差人到金铺去取两锭金子。金铺的伙计亲自送来了，当堂要领赏钱。县官问道：

"多少钱？"

金铺的伙计答道："别人用，得若干钱，因是老爷要用，只给半价就行了。"

县官看了看差人，说道："既然是这样，退给他一锭金子！"

说着，差人把一锭金子交给伙计。伙计仍然等着领钱，县官见他不走，就问道："钱已经给过你了，你还等什么？"

伙计发愣地说道："没有给呀！"

县官大怒道："你这刁滑的奴才！你说只要半价，所以退一锭金子给你，抵了一半的价钱；老爷我也没有亏了你，为什么还在这里胡搅蛮缠？快给我撵出去！"

（清·游戏主人《笑林广记》）

万　字

河南汝州有个农家老头，家里很富足，然而世世代代不认识字。

有一年，他聘请了一位楚地的先生，教导他的儿子。先生教他握笔描红，写一画，教他说"一"字，写二画，教他说"二"字，写三画，教他说"三"字。那孩子就高高兴兴地把笔往桌上一摔，回家去告诉他的爸爸说：

"儿懂得了，儿懂得了，可不要麻烦先生了，又花费很多的钱，还得管他吃和住，请您把他打发走吧！"

他爸爸高兴地依了他，于是取了钱，打发走了楚地的先生。

过了一段时间，他爸爸打算请亲戚中姓"万"的来喝酒。早晨起来，让儿子去写请帖。时间已过晌午，还没有写成。爸爸去催促他。他儿子怨恨地说道：

“天下的姓,多得很,为什么偏要姓‘万’？从早晨起到现在,才写完五百画呀!”

当初,先生刚一教导,就自满自夸地说懂了,失败的人大都像这个样子。

（明·刘元卿《应谐录》）

戏弄县官

（维吾尔族）

阿凡提的一个同乡在另外一个城市当了县官。有一次,阿凡提到了这个城市,县官一听说,就把他请到家里,做了饭端到他的面前。可是并不请他吃,一个劲儿问起家常来了:

“我的孩子怎么样啦?”

“比你希望的还要好。”

“他的母亲还健康吗?”

“很好，身体很健壮。”

“我的小花狗还在吗？”

“无论谁，它也不让进你的房子。”

“我的枣红马怎么样呢？”

“没有人不爱那匹种马的。”

县官的话把阿凡提弄得很不耐烦，也不让他吃饭，还命令听差把饭端走。阿凡提挡住盘子不让拿，县官还继续地问：

“我的小花狗没有病吗？”

“可惜在我出门的时候已经死了。”

“为什么？怎么死的？”

“给你的枣红马剥皮的时候，在它的咽喉上踢了一下就死了。”

“咳！我的马也死了，是怎么死的？”

“因为把你妻子驮到坟墓去的时候压死的。”

“我的老婆也死了，哎呀！她是怎么死的？”

“因为你儿子死时她伤心过度。”

“哎呀！老天呀！我的眼珠、心肝也死了，他是怎么死的？”

“你房子的墙倒了给砸死的。”

“我的房子也坏了，哎呀，天呀！”县官喊着就倒在地上大哭起来。

阿凡提趁这个时机把饭吃了。然后，他站起来对县官说：“再见吧！在你有喜事的时候不叫我吃饭，在你有丧事的时候我才能饱餐一顿。”说着就扬长而去。

（翻译：许　力）

胡大的嘱咐

（维吾尔族）

阿凡提很穷，常常要挨饿。有一天，他走到巴扎①上，边走边嚷道：“我

①巴扎：集市。

是胡大[1]的使者,我是胡大的使者。"

他的喊声给在巴扎上巡查的衙役听见了。衙役们连忙报告县官,县官马上叫人把阿凡提请到衙门里来,问他道:"你是胡大的使者,胡大有什么嘱咐要你告诉我吗?"

"胡大嘱咐我不少好事哩!"阿凡提说,"先拿点吃的东西来,肚子饱了才好谈。"

县官听见有好事告诉他,连忙叫手下人端来了很多食物。阿凡提慢慢地吃,吃饱了以后,才说道:"胡大嘱咐我说:'阿凡提,县官老爷搜刮老百姓的东西可真不少,弄得你们什么也没有了。你就上他那儿吃饭去吧!'"

(翻译:赵世杰)

奇怪的商队

(维吾尔族)

一天,阿凡提有事进城,刚进城门口,就看见县官、喀孜、巴依、乡约[2]四个人坐在礼拜寺门外闲谈。

"进城来啦,阿凡提!"四人中间有一个认识阿凡提,就和他打招呼。

"是呀,我进城来啦!"阿凡提随口回答。

"来,来,阿凡提!"这个人又叫道,"给我们说一件有趣的事,解解闷好吗?"

"对不住,我没工夫。"阿凡提认识这四个人是谁,可装作不知道似的说,"刚才我在城外,遇见一个商队,赶着四峰骆驼,驮的满是货物,说是要卖给县官、巴依、喀孜和乡约的。我这是去找他们呢!"

这四个人听了,连忙问道:"阿凡提,你知道他们带来的是些什么货物吗?"

"我问过了。"阿凡提说,"第一峰骆驼驮的货是奸诈,说是给乡约的;第二峰骆驼驮的货是吝啬,说是给巴依的;第三峰骆驼驮的货是贪污,说是替

---

①胡大:上帝。

②喀孜:宗教法官;巴依:即财主;乡约:相当于乡长。

喀孜预备的；第四峰骆驼驮的货是残暴，说是给县官最合适了。”

四个人听了不明白，又问道：“你说了半天，这是个什么商队呀？那四峰骆驼又在哪儿呀？”

“这是个奇怪的商队，这四峰骆驼不就在我面前吗？”阿凡提说完，丢下他们，朝城中心走去了。

（翻译：赵世杰）

它骂你也是一只狼

（维吾尔族）

有一个伯克①，从狼口里救下了一只绵羊。绵羊乖乖地跟他回家来。可是才到家里，伯克就动手宰羊。绵羊拼命地叫，惊动了隔壁的阿凡提。

阿凡提走过来看。伯克对他说：“这头绵羊是我救出来的。”

①伯克：新疆维吾尔族地方官吏的总称。

“怎么它还骂你呢?”阿凡提说。

“它骂我什么?”

“它骂你也是一只狼。”

(翻译:赵世杰)

国王的生肖

(维吾尔族)

国王要阿凡提给他算一算自己的生肖。阿凡提算了一算,说道:“陛下,您属狗。”

国王很不开心,说道:“我是个国王,最不济也得属狼。你怎么说我属狗!”

“假如陛下要我奉承您,”阿凡提说,“那我说您属大象也可以。”

(翻译:赵世杰)

两头驴的东西

(维吾尔族)

一天,国王和大臣带着阿凡提出外打猎。天气像火烧一般炎热,热得国王和大臣汗透衣衫,他们就把湿透的衣衫脱下来搭在阿凡提的肩上。

阿凡提本来也就够热了,身上再压上国王和大臣的衣衫,就更是汗流如雨了。国王见阿凡提热得满身大汗,便故意戏弄阿凡提:“阿凡提,你真不简单,能驮一头驴驮的东西。”

阿凡提听了很生气,但他却平静地说:“不,我肩上担的是两头驴的东西。”

(翻译:穆罕默德·伊明　王　堡　艾山马木提　张如智)

国王有四条腿

(维吾尔族)

阿凡提害眼病,看不清东西。国王偏要叫他来看这个、看那个,还取笑他道:“你不论看什么,都把一件东西看成了两件,是吗?你本来穷得只有一头毛驴,现在可有两头了,阔起来了。哈哈!"

"真是这样,陛下!"阿凡提说,"比如我现在看您就有四条腿,和我的毛驴一模一样呢。"

(翻译:赵世杰)

毛驴总督

(维吾尔族)

国王想侮辱阿凡提。有一次,他把阿凡提召进宫来,当着所有大臣,郑重地宣布:"今天我宣布:任命阿凡提为京城里的毛驴总督!"

大臣们听了哈哈大笑。阿凡提却马上从座位上站起来,恭恭敬敬地向国王行了礼,然后大摇大摆地走过去,坐在国王宝座的最高一层上。

"阿凡提,好大胆!"国王喝道,"你怎么敢坐得比我还高?还不快下来!"

阿凡提举起手,十分严肃地对着国王和大臣们说道:"安静,安静点!愚蠢的毛驴们!哪一头也不准乱叫,听你们的总督——阿凡提的指挥!"

(翻译:赵世杰)

金钱和正义

(维吾尔族)

一天,国王问阿凡提:"阿凡提,要是你面前一边是金钱,一边是正义,你选择哪一样呢?"

"我愿意选择金钱。"阿凡提回答。

"你怎么了,阿凡提?"国王说,"要是我呀,一定要正义,决不要金钱。金钱有什么稀奇?正义可是不容易找到的啊!"

"谁缺什么就想要什么,我的陛下。"阿凡提说,"您想要的东西正是您最缺少的呀!"

(翻译:赵世杰)

察　狱

（维吾尔族）

一天，国王带着阿凡提，上牢狱里察看犯人。

“你们都犯了什么罪呀？”国王问道。

“我们什么罪也没有！”被囚在牢狱中的人异口同声地说。

国王问来问去，只有一个人真的犯了罪。

“陛下！”阿凡提走上前来说道，“请您立刻下命令，把这个人撵出去吧！他怎么混到您的牢狱里来了。您的牢狱要囚禁的是另外的那些人呀！”

（翻译：赵世杰）

王　袍

（维吾尔族）

国王举行盛大的宴会，来参加宴会的，都是有钱有势的人。在宴会上，国王赐给每个客人一套华丽贵重的衣服。同时，国王也叫来了阿凡提，当着众人，赐给他一块披在毛驴身上的麻布。

阿凡提恭恭敬敬地从国王手里接过麻布，再三向国王道了谢，然后高声向客人们说："贵客们！国王赐给你们的衣裳，虽然都是绫罗绸缎，可都是从巴扎上买来的。他是多么尊重我呀！你们瞧，他竟然把自己的王袍赏赐给我了！"

（翻译：赵世杰）

拿人们的血肉摆宴席

（蒙古族）

好久好久以前，昭乌达盟（今赤峰市）的官老爷们，每年要有一次集会。他们要在这时候来拷打罪犯，审判案件。

有集会必到、遇宴会必临的沙格德尔①，比谁都先来到审判庭里。一次，各旗的官吏正在帐篷里拷打犯人、审判案件，沙格德尔见了，不禁大喊：

"冬春连接在一起，
自然不会有夏季；
金银连接在一起，
自然不会有真理。
诺颜②和财主串通一气，
在拿人民的血肉摆宴席！"

---

①沙格德尔（1869—1929）：蒙古族民间诗人，自幼被送入召庙当喇嘛，后被迫出走当了到处流浪乞讨的"行脚僧"。他以犀利的武器——讽刺诗，无情地揭露和鞭挞了当时的黑暗社会和封建统治者。他的诗歌和斗争事迹广泛流传在蒙古族人民中间。

②诺颜：即王爷。

从此“疯子”沙格德尔的名声,便传遍了整个昭乌达盟。贫苦的人们,对“疯子”沙格德尔这个名字有了深刻的印象,他们处处传诵着沙格德尔的故事。

(整理:塔·武力更　翻译:巴图孟和　胡和禄　王定国)

虱子和豺狼

(蒙古族)

有一年夏天,沙格德尔正坐在巴林王府门前的树荫下,边喝酒边抓虱子。王爷走出大门,一看见沙格德尔,心里想:这疯子在干什么?待我看他一看。当下便领了几个管家来到沙格德尔身旁,问道:“喂,疯子,你在这里做什么?”沙格德尔答道:

“虱子成了豺狼,
管家成了阎王;
因而我才开了杀戒,
要把它们杀光。”

王爷不禁惊奇地问道:“那么,另外还有什么?”沙格德尔又答道:

“强者欺侮弱者,
头颅压着脖颈;
王爷压榨贫苦的庶民,
像是毒蛇缠身。”

(整理:塔·武力更　翻译:巴图孟和　胡和禄　王定国)

六张绵羊皮

(蒙古族)

一年秋天,当巴林的札嘎尔王准备起程去京城朝觐的时候,沙格德尔赶到王府门前,给王爷念起顺风经来。王爷恰好从门里出来,沙格德尔便说:

“王爷大人请开恩，
慷慨布施结善缘，
我是一个游方僧，
没有住房没有穿，
眼看隆冬要到来，
讨件皮袄御严寒。”

王爷唯恐沙格德尔说些不吉利的话，对上路不利，便忍痛叫人从里面拿出六张绵羊皮来，送给沙格德尔。

沙格德尔背着羊皮离开了王爷府，路上遇见一个名叫都格玛的老太婆。这老太婆无儿无女，同老伴儿俩人过着孤苦伶仃的贫困生活，沙格德尔便把六张羊皮送给了都格玛老太婆，说：

“这是念一遍顺风经的报酬，
拿去吧！对我说来，十分便当。
祝福王爷，赚来这六张羊皮；
咒骂王爷，还能赚羊皮六张。”

（搜集：塔·武力更　翻译：陈乃雄　道　布）

捐　官

（蒙古族）

一次，正当诺颜们聚集在巴林旗衙门里的时候，沙格德尔来了。诺颜们说：“喂，疯子，你来干什么？”

沙格德尔冲着诺颜们跪下，从怀里掏出一条粗制的哈达，在哈达上放了几个铜钱，叩头说：

“诺颜老爷请开恩，
听我真诚来求告：
‘衙门里面有熟人，
不愁头上没翎毛；
厨房里面有熟人，

不愁肚子不常饱。'
如蒙诺颜不嫌弃,
也请赏我乌纱帽!
官职大小无所谓,
沙格德尔决不挑。"
诺颜们听了喝道:"住嘴!滚出去!"
沙格德尔向前逼近一步说:
"你们嫌份子①太少?
这要请你们原谅。
'畜看膘情人看心',
自古来俗话这样讲。
我难道不想发财?
好多给贿赂捐个大官!
可我只当了个游方喇嘛,
这几个铜钱已经尽了我的力量。"

(搜集:塔·武力更　翻译:陈乃雄　道　布)

解缙幼年时期的故事

智　答

有一天,春雨绵绵。放学后,解缙冒雨回家,走到土地庙前,不慎滑倒。这时,有两个老乡绅正在庙门口下棋,看到解缙被摔得满身泥水,便幸灾乐祸,捧腹大笑。解缙从地上爬起来,见这两个鱼肉乡里、游手好闲的老家伙正在对着自己狂笑,非常气愤,便朗声念道:"春风伴春雨,水流满街泥。摔倒大官人,笑煞两匹驴!"两个老家伙听后,羞得脸红脖子粗,便气急败坏地斥责说:"老夫下棋,笑的是一个不敢过河的卒子;你乳臭未除,怎敢作诗骂人?"解缙笑着又念道:"既然没笑我,怎知我骂你。作诗骂畜生,尔辈何心

①份子:即礼金。这里指捐官送的金钱。

虚?”两个老家伙面面相觑,无言以对。

智 对

解缙家院门外,有财主家的一片竹林子。大年三十那天,解缙在院门上贴了一副红春联:“门外千竿竹,屋内万卷书”。字句工整,笔力遒劲,吸引了全村读书人。财主见到,憋了一肚子气,马上派人把竹子砍掉了,想当场给解缙来个难堪。解缙当然明白财主用心,立即拿来红纸笔砚,在春联下又添上了两个字,变成“门外千竿竹短,屋内万卷书长”。财主见仍以他的竹林为题,更为恼火,干脆叫人把竹子连根刨掉了。心想:这回看你这个毛孩子还有啥咒可念!谁知解缙见了,又在春联下挥笔添了两个字,变成“门外千竿竹短命,屋内万卷书长存”。这一下财主可傻了眼,再也想不出别的鬼点子,只好自认倒霉了。

智 斗

解缙能文善诗 ,聪慧无比,名声越传越远。这件事传到了曹尚书的耳朵里,他派人把解缙找来,想亲自考察个究竟。解缙走上大厅,面无惧色,黑眼珠儿滴溜溜乱转,一丝冷笑挂在嘴上。曹尚书见是一个七八岁的孩子,很不以为然。心中暗想:这么一个刚脱掉开裆裤、身上还穿着蛤蟆皮绿袄的娃娃,能有什么文才可言? 乡下人如此少见多怪,真乃可悲可笑! 他决定出个难题,杀杀眼前这个毛孩子的傲气。这时,恰巧有个犯法的和尚脖子上戴着木枷被押过堂前。他灵机一动,对解缙说:“听说你能即席赋诗,现在就以犯法和尚为题,作一首诗好了!”解缙点点头,稍一凝思,即开口吟道:“知法又犯法,出家又戴枷。一块无情板,枷着大西瓜。”

曹尚书一听,暗暗称奇,随即让解缙在自己下首陪坐,他想进一步试试解缙的文才,也想借此机会显示一下自己的博学。他望了一眼稚气瘦弱的解缙,笑着说:“我念出上句,你马上对出下句。答非所对,算输;间有停歇,算输。”他不等解缙答允,便抢先念道:“小犬无知嫌路窄。”解缙把胸脯一挺,答道:“大鹏展翅恨天低。”曹尚书一指堂前石狮子:“石狮子头顶焚香炉,几时得了?”解缙答:“泥判官手拿生死簿,何日勾销?”曹尚书抬手指天:“天作棋盘星作子,谁人能下?”解缙挥手指地:“地为琵琶路为弦,哪个可弹?”曹尚书见一时难不住解缙,顿觉老脸无光。他随即改变主意,想利用解缙的“短处”替自己解围。他得知解缙的父母是卖烧饼、推豆腐磨子的“下贱人”,便笑着问:“大官人,你父母做何生意?”如果解缙如实回答,必然会引起满堂官员的耻笑;如果不据实作答,更有妄言之嫌。在这样的难题面前,众人都认为解缙定输无疑了。谁知解缙毫不犹豫,从容答道:“父亲肩担日月街前卖,母亲在家推磨转乾坤。”曹尚书一计不成,又生一计。他冷眼打量着解缙身上的粗布绿袄,恶意戏弄道:“出水蛤蟆穿绿袄。”说完,仰天哈哈大笑,满堂官员无不面呈得意之色。解缙却镇定自若,毫不介怀。待笑声过后,解缙双眼斜视曹尚书的大红蟒袍,加重语气从容答道:“落汤螃蟹着红袍!”

曹尚书一听,羞得面红耳赤,满堂官员大惊失色。曹尚书在这么多人面前丢了面子,虽说恼怒,但也无可奈何,只得拂袖退堂。从此,解缙的名气就更大了。

(搜集整理:刘连源)

“赤练蛇”智斗“两头蛇”

当年，苏州城里出了个恶讼师，专门替有钱人家包打官司，欺压穷苦百姓，心狠手辣，奸刁刻薄。大家背地里都叫他“两头蛇”。久而久之，连他的真名实姓也都忘记啦。

别人都怕“两头蛇”，唯独祝枝山不怕。他想：他们叫我“洞里赤练蛇”，是存心贬我。不过也好，这说明我这个人不是好欺负的。既然如此，我总有一天要想出个办法来，杀杀“两头蛇”的威风，为老百姓出口气。

大年三十夜，大家都在家中吃年夜饭，街上冷冷清清。祝枝山却早早吃好饭，叫书童带了笔砚，上街闲逛。来到“两头蛇”家门口，见他家大门上刚贴上一副大红的春联，还没有写字。祝枝山眉头一皱，计上心来，提起笔来就在大红纸上，“刷刷刷”写下一副对联。上句是“今年真好晦气”，下句是“全无财帛进门”。写完后，上上下下欣赏一番，觉得铁划银钩，龙飞凤舞，笔力倒还不差，心中十分满意。接着，又堂而皇之地题上落款“姑苏祝枝山题”六个小字。主仆两人相对一笑，就转到别处玩耍去了。

“两头蛇”年夜饭吃得醉醺醺的，正跌跌撞撞地想要出来写春联，早有家人来报，说大门上祝枝山已经题了一副对联。“两头蛇”出去一看，字倒确是一手好字，就是句子太刺眼，好比在骂山门。顿时火冒三丈。心想：祝枝山啊祝枝山，你好大胆，竟敢到老虎头上来拍苍蝇，这还了得！转念一想，也好，铁证如山，谅你也逃不掉。遂吩咐家人把这副春联用水濡湿，小心揭下来放好，准备和祝枝山好好打一场笔墨官司。

大年初一，“两头蛇”邀集一帮狐朋狗友，大多是些没有骨气的读书人，来到明伦堂，指名要祝枝山去评理。

为啥要叫祝枝山到明伦堂去评理呢？“两头蛇”自有他的打算：要知道祝枝山是堂堂举人，功名在身，轻易上不了公堂；就是上得公堂，他那三寸不烂之舌也不好对付。官断不如私断。再说明伦堂是读书人聚会的地方，今天请他来，他不得不来。我这儿人多势众，来个先礼后兵，要是祝枝山不识抬举，先打他个半死，反正是读书人之间的纠纷，官府也管不着。

“两头蛇”布置停当，自以为万无一失，跷起二郎腿，坐在堂上得意扬扬地品着香茗，等祝枝山上钩。堂上一班无聊文人，一个个摇头晃脑，拍马屁的拍马屁，骂太平山门的骂太平山门。内中一个弹眼乌珠翘下巴的家伙拍拍胸膛，大大咧咧地夸起口来：

“‘洞里赤练蛇’有啥子了不起？哼！今朝碰着‘两头蛇’，非要叫他变成一条瘟死蛇不可！”

正说着，门口走进两个人来。后面一个人面孔苍黑，瘦长条子，不修边幅，一副玩世不恭的样子。他不是别人，就是正在被大家骂的祝枝山。众人见祝枝山主仆进来，理也不理，只顾高谈阔论，大骂山门。明伦堂里声音十分嘈杂。这原是“两头蛇”预先布置的一步棋，要给祝枝山一个下马威。

祝枝山当然不怕，故意提高嗓门朝旁边的书童说道：

“书童，我们是不是走错地方啦？”

“没有走错。这里明明是明伦堂。”

“明伦堂？我想明伦堂乃学宫里祭孔的圣殿，怎会如此嘈杂？依我看来，这里不像学堂，倒像……”

“像啥？”

“像混堂。”

“啊！”

刚才大殿里还是一片嘈杂声，现在却一下子变得鸦雀无声了。为啥？“混堂”就是洗澡堂。在场的读书人千想万想，没有想到祝枝山会给他们当头一棒，一进门就把明伦堂比作洗澡堂。大家吓得面面相觑，等待祝枝山的下文。

祝枝山一看，这些人原来都是草包。不觉“扑哧”一声笑了出来，随口又说出一句话：

“现在格外好了，混堂变作坟堂哉！”

“两头蛇”气得昏冲，却又找不出岔子。刚才明伦堂里一片嘈杂，是不像话，白白被他抢白了一顿。后来几十个人鸦雀无声，比作坟堂也有三分像。怎么办？闲话休提，就吩咐手下人拿出那副春联，开口就问：

“这副春联是你写的？”

“不错。这里还有鄙人的落款呢。”

“啥人叫你写的?”

“咦,你怎么这般健忘?不是你自己请我写的吗?”祝枝山不慌不忙,嬉皮笑脸地回答。

“两头蛇”越听越火,实在忍耐不住,跳起来就破口大骂:

“放屁!我啥时候请你写字的?”

“哈哈哈,不要发火嘛!大概在三个月前,我听人家说,你当着许多人的面说过,总有一天要祝枝山写一幅字轴送给你的吗?”

“呃,这个……”

“两头蛇”刚才还气势汹汹,盛气凌人,现在为啥会变得支支吾吾起来了呢?原来当时苏州城里有两件稀罕的东西:一是唐伯虎的画,一是祝枝山的字。许多达官贵人附庸风雅,都以得到这两件珍品为荣,却一个个碰了钉子,始终得不到。“两头蛇”那天吃醉了酒,确实夸下过海口,要搞一张祝枝山的墨宝来出出风头。想不到正好被祝枝山抓住把柄,只得支支吾吾,涨红了脸。

祝枝山冷笑几声,又说了下去:

“不过,要想得到祝大爷的字画,确实不易。平日里大爷没空,大年三十上街闲逛,我见你家大门口春联尚未题字,一时兴起为你写下这副好对。你不来谢我,反倒恩将仇报,兴师动众,气势汹汹,问罪于我。不知是何道理?”

啊呀!竟被他倒打一耙。“两头蛇”胸口发闷,好一阵开不了口,脸孔涨得像猪肝,伸出手颤颤抖抖地指着春联说:

“你……你千不该万不该,不……不该大年三十……触我霉头,写……写春联来骂我。你……你是何道理?”

祝枝山捋着胡须只顾笑,等他结结巴巴说完,才对众人说:

“诸位都请过来评评理。这么好的一副对联还不满足,真叫做‘人心不足蛇吞象’啊!”

众人被祝枝山一番冷嘲热讽,早已搞得七荤八素,呆若木鸡,这时都乖乖地围了上来,要听祝枝山解释这副春联。只听祝枝山清清喉咙,不紧不慢地读了起来：

“今年真好，晦气全无，财帛进门。”

啊！怎么是这个意思？在场的读书人一个个目瞪口呆，惊奇得说不出话来。不错哟，三句话句句都是好口彩，却硬要说人家大年三十触他霉头，情理上实在说不过去。（春联上原来没有点断，怎么读都可以的嘛。）大家你看看我，我看看你，看样子再在这儿坐下去倒真要触霉头了。快，还是脚底上抹油，早点溜之大吉吧。于是一个个溜了出去。“两头蛇”想不到祝枝山还有这一手，眼前一阵发黑，跌坐在太师椅里，再也说不出话来。祝枝山冷笑一声，随手卷起桌上那副春联，对他说：

“既然主人不喜欢，我祝大爷的字也不是白送的，还是让我带回去吧。”

说罢，将纸卷朝袖筒里一塞，主仆二人扬长而去。

第二天，“‘赤练蛇’智斗‘两头蛇’”的故事，就在苏州城里沸沸扬扬地传了开来。

（搜集整理：希　稼）

“吹破天”的故事

“诗才”丢了耳朵

这天，“吹破天”来到县城，见城门口好多人围着看墙上一张告示。告示是新上任的县官出的，上面写着：本官酷爱诗才，凡应聘前来敝府作诗者，概敬如上宾，并有重赏。

原来，这新上任的县官是本地一个阔财主，有万贯家私，只是一点，斗大的字不识半升，他是出钱买了个县官的肥缺。为了显示他的“文雅”，上任第二天就出了这么一张告示。“吹破天”久在外边闯荡，见多识广，消息灵通，对这个县官的底细摸得一清二楚。于是，他决心糊弄一下这个“父母官”。

这一天，“吹破天”来到县衙。县官一看来者是个乡下佬，先有几分不悦，转念一想，穷秀才也是有的，就没有怠慢。献茶完毕，“吹破天”开口道：“老爷要我作诗，请问，以什么为题？”

县官抬头看到后花园他那只赏玩的小绵羊，就说："以这只小绵羊为题吧。"

"吹破天"眼珠一转，出口成章：

"这个小羊白垠垠，吃青草来啃麦根，

大人看它不中用，不如送我这诗人。"

县官一听，拍手叫绝："好！好！本官就送给你。"随又指桌下一个西瓜说："你再以这西瓜为题作一首吧。""吹破天"略一沉吟，开口便道：

"这个物件圆又圆，黑子红瓤在里边，

大人吃瓤别吃皮，把皮扔在门外边。"

县官本不懂诗，自然又是赞不绝口，并赏了"吹破天"五十两雪花银子。"吹破天"牵着小绵羊往外走，他的一只口袋里满满地装着银子，压得肩膀往一边歪。走到门口，打了个趔趄，不由地说："大老爷，偏了！"县官一时高兴，说："偏了，那边口袋再装五十两。"

"吹破天"发大财的消息像长了翅膀，立刻传遍乡里，他原先那个老东家听到这个消息，觉得奇怪，不知"吹破天"又找到了什么生财之道。他连夜屈尊降贵，到“吹破天”草舍登门求教。“吹破天”见地主发财心切，觉得好笑，便将他如何看到告示，如何作诗，毫不隐瞒一五一十地说了一遍。

地主把那几句顺口溜暗记在心，回家半夜没睡，背了个滚瓜烂熟。第二天，他也来到县衙对诗。坐定之后，恰好县官的千金小姐在绣楼上临窗卷帘。县官就让他以自己的女儿为题作诗。那地主想也不想，就摇头晃脑地背诵道：

“这个小羊白垠垠，吃青草来啃麦根，

老爷看它不中用，不如送我这诗人。”

话音刚落，只听县官一声怒喝：“混账！你辱骂本官该当何罪？来人！打他五十大板。”财主吓得面无人色，跪在地上连叫“老爷开恩”。五十大板打过后，县官让他立刻滚蛋，他趴在地上哼哼着说：“大老爷，我还有一首呢！”

县官就指着厅前一副羊肚子说：“你再以这羊肚子作吧，作好了将功补过，作不好，要你晓得本官的厉害。”

那财主不加思考，又把“吹破天”对西瓜作的顺口溜念了一遍，什么圆又圆啦，黑子红瓤啦，别吃皮啦，他可没想到，羊肚子和西瓜的吃法正好相反——吃皮扔瓤。一首诗没完，把县官气得暴跳如雷：“胆大刁民，无法无天，成心戏弄本官。左右，与我将他的耳朵割掉一只！”

地主被割掉耳朵之后，痛不可忍，抱头就往外跑。刚出门，猛想起“吹破天”一声“偏了”得银五十两，他灵机一动，脱口而出：“大老爷，偏了！”县官余怒未息，厉声喝道：“偏了，把他的另一只耳朵也割下来！”

可怜的老财主被割掉两只耳朵，血流满面，抱头落荒而逃。

（讲述：张丙文　采录：白兆勇）

火　龙　衣

地主回到家，大病一场，幸而没有死掉。他命人把“吹破天”抓来，剥光衣裳，只穿一件白布小褂，锁进磨房。地主的意思是要把“吹破天”冻死。因为当时正是数九严寒、滴水成冰的季节，人穿着皮袄还浑身直抖，你想这“吹破天”就是铁打的汉子又如何熬得过这漫漫寒夜？可也怪，当第二天地主命人去拖“吹破天”的尸体时，“吹破天”不但没冻死，反而浑身冒汗，连衣服也湿透了。地主一见，惊得目瞪口呆，以为是神明在保护着“吹破天”。你知道是怎么回事？原来，磨房里有一盘石磨，“吹破天”刚被关进时，眼看要冻死，猛然看到那盘石磨，立刻有了主意。他推着石磨转起圈来，不一会儿就累得浑身冒汗。

“吹破天”见到地主在发愣，就毫不在乎地笑着说：“东家，你别奇怪，并没有什么神明保护我，我所以没有死，只是因为我穿着这件宝贝褂儿。”

地主忙问：“你说什么？一件破褂子算什么宝贝。”

“我这褂子呀，”“吹破天”又吹上了，“别看破，可是地道的宝贝，是祖上传下的家宝，叫火龙衣。穿上这件火龙衣，无论再冷的天，也会热得浑身冒汗。因为怕被别人抢走，所以，我家世世代代不敢把这宝贝张扬出去。现在，你既然起了疑心，我也不得不说了，我让你见识了这件宝贝，求你把我放了，并请你别把这件事告诉外人。”

地主到此不能不信，同时又动了贪心：天哪！这可是无价之宝呀！他骨碌碌转着眼珠子说：“‘吹破天’，我用我的皮袄换你的小褂怎么样？”

“吹破天”一听连连摇头：“使不得！使不得！我这是传家宝，祖上有话：‘世世代代，只要人不绝，这件家宝不能落到外人之手。’难道我能做祖宗的不孝子孙吗？你要真换，除非把我杀了。”

地主厉声说：“我不杀你！今天是换也得换，不换也得换，事到如今，由不得你。”说完，强行用皮袄换了“吹破天”的小褂。“吹破天”目的达到，随即溜之大吉。

地主把夺得的小褂视为珍宝，平时舍不得穿，锁进箱里。既怕被别人偷走，又怕给老鼠咬坏了，一天三次看不够。

一天，他有个亲戚要办喜事，请他喝喜酒，又正赶上大雪天，他这才把这件小褂穿上，准备在亲朋面前炫耀一番。走到半路，冻得浑身发抖，这才知道又上了一当！但为时已晚，他四周望望，旷野茫茫，一片风雪，无处避寒，只见路边有一棵大空心树桩。这树桩大概是被雷电击倒烧空了心，露着烧焦的黑茬，里面可容下一个人。这家伙此时小命难保，也顾不了许多，就钻了进去，把全身缩成一团，谁知越缩越冷，越冷越缩，片刻工夫，全身麻木,动弹不得,再没出来。

地主一家见他走亲戚两天未归,慌了神。到亲戚家一问,根本没见人影。沿途寻找,发现竟死在树洞里。全家人都大吃一惊——火龙衣这么厉害,把树洞都烧焦了。

(讲述:张丙文　采录:白兆勇)

秃财主的忌讳

过去,有个财主是个秃子,他最忌讳人们说“明”、“光”、“无毛”之类的话,如果谁说这些,就认为是骂他。他家有个长工,他对这个长工很刻薄,长工就想法戏弄他。

一天,长工很神秘地告诉他:“我听到骂你的坏话了!”

财主赶忙问:“谁骂的?”

“是老爷家的公鸡。”

“胡说八道,公鸡怎么会骂人?”

这个长工赶忙上前一步,说:“小人不敢瞎说,刚才我确实听到,它骂你——”

“说,它怎么骂?”

“它骂你:没——几——根! 老爷,你说,这不明明是在骂你吗?”长工一边说,一边学鸡叫。

“哦! 原来是这样……快! 喊人逮公鸡,全都给我杀掉!”

事隔几天,长工又来告诉财主:“骂你的话我又听到了。”

“这一次是谁?”财主眨了眨眼问。

长工凑前一步说:“还是老爷家里的。你的一只看门狗,它不见生人还不骂,上次家里来客时它骂得可凶了,生怕客人不知道似的,‘光——光光!’一直骂个不停,要不是有人吆喝,还不知骂到什么时候哩! 还有你那几头老牛,越是上晌人多,越是扯破喉咙大叫:‘没——毛!’”

“别说了!”财主气得坐不住了,胡子也翘起来了,忙说,“赶快拿刀,都宰了!”

此后好多天，财主老是忧心忡忡。吃饭时，觉得有人在骂他；睡觉时，也觉得有人在骂他。早晨，他提尿壶去茅房倒尿，也听到“秃秃秃”的声音，他气得狠狠地把尿壶扔进了茅缸：“妈的，你也给我作对！”尿壶往下沉时，发出“不秃、不秃、不秃……”的响声，财主一面扭头往回走，一面气呼呼地说：“再说‘不秃’也不行！”

（讲述：薛明文　采录：周发旺）

雨怕抽税

南唐有一个演戏的叫申渐高。

南唐刚建国时，经费不足，向人民抽税抽得很重。正在这时，京城里老不下雨，闹起旱灾来，求雨也没有用。

有一天，皇帝在花园里喝酒，对他的臣子们说：“离京城三五十里以外的地方都下雨了，独独京城里不下雨，这是为什么？”

一些臣子你看我，我看你，都回答不出。申渐高走上去对皇帝说：“雨怕抽税，所以不敢到京城里来了。”

（明·郭子章《谐语》）

靠丈人的势力

有人靠他丈人的势力考中了，别人给他编了一个故事：

孔子的学生们去投考，等到揭晓，先报子张是第十九名，大家说：“他相貌堂堂，果然不错。”又报子路是第十三名，大家说：“这个人粗鲁，中在前面，是凭他有那么一股气魄。”又报颜渊是第十二名，大家说：“他是孔子的得意门生，这个名次委屈他了。”又报公冶长是第五名，大家很奇怪，说：“这个人平日并没有什么本领，怎么倒中在前面？”有一个人说：“你们不知道，还不是靠他丈人的势力嘛！”

（明·浮白斋主人《雅谑》）

免得麻雀散伙

苏东坡的邻人请苏东坡吃酒，桌上有一盘红烧麻雀，一共是四只。有个客人，一连吃了三只，把剩下的那只，请苏东坡吃。苏东坡说：“还是你吃了吧，免得它们散了伙！”

（明·浮白斋主人《雅谑》）

换　鱼

李章的邻人向来很贪吃。有一天，他和李章并肩坐在一处吃酒，看见送上一盘葱烤鲫鱼，便马上拣了一条大的放在自己的碟子里。

李章便问他说：“苏州的‘苏’字，有人把其中的鱼字写在右边，也有写在左边的①，到底是什么道理？”

这位邻人便说：“古人写字，有时很随便，所以不妨移左移右。”

李章便把邻人的碟子移了过来，说：“那么，我就要移动一下了。”

（明·浮白斋主人《雅谑》）

鸡有七德

画家倪云林的朋友家里，养了许多鸡，又大又肥，但是总舍不得请客。

有一天，倪云林对他的朋友说：“听说鸡有七德，你知道不知道？”

朋友说：“从来只说鸡有五德②，哪里来的七德？”

倪云林说：“假使你舍得，我也吃得，加上这两‘德’，不就是七德了吗？”

（明·浮白斋主人《雅谑》）

两条梁

支元献造了一座大房子，把所有的钱都花尽了。等到房子造成，生活却遇上了困难，只好东借西挪地过日子。

他的朋友看了这座新房子，说：“这房子造得的确好，只可惜还缺少两条梁。”

支元献问他还缺少两条什么梁，他说：“一条是不思量（梁），一条是不酌量（梁）。”

（明·浮白斋主人《雅谑》）

靠谁养活

有个有钱人的儿子，已经三十岁了，还是什么事都不懂，依靠着父亲糊

---

①“苏”字的繁体为“蘇”。

②鸡有五德：古人说鸡有文、武、勇、仁、信五种好品德。

里糊涂地过日子。

一天，他父亲请了星相家来算命。他父亲五十岁了，星相家给算了一下，说可以活到八十岁。又给他算了一下，说可以活到六十二岁。

他很伤心地哭了起来，说："我父亲只能活到八十岁，那么，我六十岁以后的两年靠谁来养活呢？"

（明·浮白斋主人《雅谑》）

假 银

有个做官的人，贪污成性。刚上任时，到城隍庙烧香，看见神座两旁悬挂着银锭，对手下的人说道：

"快给我取下来，拿回去！"

手下的人说道：

"老爷，这是假银子！"

做官的说道：

"我知道是假银子，但是我今天刚到任，要取个进财吉利。"

（明·江盈科《雪涛谐史》）

偷鞋刺史

郑仁凯这个人，贪而无厌，肮脏透顶。在他当密州刺史①时，有个家奴告诉他鞋破了。他就立即把穿新鞋的小官吏叫了一个来，让那人上树摘果子，然后使眼色，叫家奴把那人的鞋偷走。等那小官吏从树上下来，鞋已不知去向，就问郑仁凯，他耍无赖地说道：

"我这个刺史，又不是给你看守鞋子的！"

（明·冯梦龙《古今谭概》）

---

①刺史：官名。后来相当州的长官。

南辕北辙

有一个北方人,要到南方的楚国去。他从太行山脚下动身,骑着马朝北进发,一路上对人家说:“我要到楚国去!”

有人对他说:“到楚国去,要朝南走,你为什么反而向北呢?”

这个北方人回答说:“不要紧,我有一匹好马,它跑得快着呢!”

“不管你的马跑得怎样快,朝北走,总是到不了楚国的。”

“不要紧,我还带有充足的旅费哩!”

“旅费多也不济事，朝北走，无论如何是到不了楚国的。”

“不要紧，我还有一个顶可靠的马夫，他赶马的本领大着呢！”

这种人的条件愈好，他就只能离楚国愈远，因为他走的方向错了。

（《战国策·魏策四》）

誓联

有个县官，在大堂上挂了一副用誓言写的对联：

“得一文天诛地灭，

听一情男盗女娼。”

然而，赠送金银财物的人络绎不绝，只要送来，决不会让你再拿回去；审理案情，也必定徇情枉法。有人对县官说道：“你错了，难道忘了堂上所写的对联吗？”

县官回答道：“我没有忘，现在所得的不止一文，所听的也不是一情。”

（清·黄图珌《看山阁全集·闲笔》）

负麦饭①

隋朝初年，有个同州人背着炒面到京城去卖。走到渭河边，当时正是隆冬，天气寒冷，河面结冰。这时他饥肠辘辘，想吃些炒面充饥。炒面得用水调和，于是他找来一块石头，把冰砸了个脸盆大小的窟窿；打算取水和炒面。他忽然想起没有带碗来，还是不能和炒面。他眼睛盯着圆圆的冰窟窿出神，心想：

“难道没有碗就吃不成了吗？活人还能让尿憋死？这圆圆的冰窟窿，不是跟碗一样吗？”

于是他便把炒面往冰窟窿里撒，不大工夫，把背来的一布袋炒面全撒光了，也没和成炒面。他觉得奇怪，只是唉声叹气，终究弄不清楚是什么原

①负麦饭：炒麦粉，即炒面。

因。过了一阵儿，炒面散尽，水清如镜，照见他的身影。他见水中有人，于是惊呼道：

“偷我炒面的就是这个人！这贼贪心不足，还仰着脸看我。”

说罢，拿起刚才砸冰的石头，狠劲地向水中砸去，河水混浊，人影消逝，他于是生气地说道：

“这贼刚才还在这里，他能跑到哪里去呢？”

他走到岸上，也没有找到贼，只好装了一布袋沙子背着回家了。

（隋·侯白《启颜录》）

让鼠蜂

老鼠与马蜂结为兄弟，请一个秀才去主持它们的结拜仪式。秀才不得已，只好去了。鼠、蜂让秀才排行第三。

有人问秀才：“你为什么屈居在老鼠与马蜂之下，排行第三？”

秀才答道：

“它两个，一个会钻，一个会刺，我哪是它们的对手呢？只得让它们些喽。”

（清·石成金《笑得好》）

有理

有一官员贪而无厌。一天，他把原告和被告抓来，审问案情。原告事先送了五十两银子，被告听说后，送了一百两银子。等到审问的时候，官员不问有理没理，竟然打了原告。原告伸出五个指头说道：

“小人是有‘理’的，小人是有‘理’的！”

那官员也伸出一只手说道：“奴才，你说有‘理’？”又翻了翻手说道，“你说你有‘理’，他比你更有‘理’！”

（清·游戏主人《笑林广记》）

刳马肝

有位客人说，马的肝脏有剧毒，能毒死人，所以汉武帝曾经说过：“文成是吃了马肝死的。”

迂公听了这话，笑着说道：

“客人，你说的是哄人的话吧？肝生来就在马肚里，马为什么不死呢？”

客人开玩笑地说道：

“马之所以活不到一百年，就因为它有肝脏的缘故啊。”

听了客人的话，迂公恍然大悟。他把家里喂养的马，剖开腹部，取出肝脏来，马立刻就死了。迂公放下刀子，感叹地说道：

“人家说的话，可靠得很，马肝就是有剧毒啊。去掉肝脏，马就不能够活，更何况留下肝脏呢？”

（明·浮白斋主人《雅谑》）

烂盘子

从前有个官，在上任的初期，向神发誓道：

“我要是左手要钱，就烂左手；右手要钱，就烂右手。”

过了不久，有人拿了很多银子来行贿，他想接受，又怕触犯了以前的誓言。忽然心生一计说：

“老爷我拿一个空盘来，让那人把银子放在里面，叫人捧进去。当日发誓是钱，今天却是银子；老爷我又没有动手，烂也只烂个盘子，与我毫不相干。”

（清·石成金《笑得好》）

岂有此理

有个人热心学习语言，听人说“岂有此理”一词，心里很喜欢这个词，并时常温习。有一回,他由于过河忙乱,忽然忘记,在船上转来转去地寻找。

船家问他道:“你丢失了什么东西?”

他答道:“是句话。”

船家惊奇地说道:

“话也能失落？岂有此理!”

那人喜出望外地说道:

“你拾到了,为什么不早说呢!”

(明·赵南星《笑赞》)

妙处难学

有个人教导他的儿子说:“你的一言一行,都应当仿效你老师的所作所为。”

儿子遵父命,侍候老师吃饭。老师吃,他也吃;老师喝,他也喝;老师转身子,他也转身子。老师暗暗地看着他的举动,不禁失笑,搁下筷子打喷嚏,学生不能强制自己打喷嚏,于是向老师作揖谢罪说:

“老师您这样的妙处,学生实在难学呀!”

(明·冯梦龙《广笑府》)

吃糟饼

有个人,家境十分清贫,不善于饮酒,常常出门,只吃两个酒糟煎的饼子,就好像喝醉酒的样子。这一天出门,正好遇到一位朋友,问他道:

“你早晨喝酒了吗?”

“没有,只吃了两个糟饼罢了。”

他回到家里,把跟友人的对话告诉了妻子。妻子埋怨他道:

“你就说喝酒了,也装装门面。”

丈夫点头,表示同意她的指点。

过几天,出了门,又遇到这位朋友,像以前那样问他,他就用喝了酒来对答。朋友追问他：

"是烫热了喝的，还是喝的冷酒？"

那人回答道："是煎的。"

朋友笑着说道："你还是吃的糟饼。"

不多一会儿，回到家里。妻子已经知道了他的答话，就责备他说：

"酒怎么能说成是煎的？应该说是烫热了喝的。"

丈夫百依百顺地说道："我已经晓得了。"

此后出门，又碰上这位朋友，不等人家问他，就夸口说道：

"我这次的酒，是烫热了吃的。"

朋友问道："你吃了多少？"

他伸出两个指头说道：

"两个。"

（明·浮白斋主人《笑林》）

滥竽充数

战国时期，齐宣王喜欢听竽的大合奏，每次听吹竽，都要组成一支三百

人的大乐队。有个叫南郭先生的本来不会吹竽,混在吹竽的人群中凑数,居然也得到齐宣王赏给的丰厚薪俸。后来,齐宣王死了,齐湣王继承王位,他喜欢听一个一个的轮流独奏。南郭先生生怕露馅,夹着铺盖连夜逃走了。

(《韩非子·内储说上》)

瞌睡法

有个保姆抚育婴儿,因为婴儿啼哭,不肯睡觉,保姆束手无策,忽然让孩子的爸爸拿本书来,孩子的爸爸问道:

"要书干什么用?"

保姆答道:

"我时常见你一看书就睡着了,我想拿本书来叫他看看,就会睡着的。"

(清·石成金《笑得好》)

量体裁衣

明朝嘉靖年间,京师有个裁缝,很有名气,经他手做的衣服长短宽窄,没有不合身的。有一次,御史让他裁制圆领袍子,裁缝跪着说道:

"请问,您当御史当了几年了?"

御史奇怪地问道:

"做衣服还用知道这些干什么?"

裁缝对道:

"年轻人初做大官,趾高气扬,挺胸凸肚,衣服应当后面短,前面长;当他到了中年的时候,在官场历练以后,意气稍平,衣服应当前后长短一样;等到做官做得时间久了,打算升官,这时心里更加谦虚,他的头时常低着考虑问题,这时候的衣服,应当前面短,后面长。因此,不知道做官做了几年,做出来的衣服就不能称身合体。"

(清·赵吉士《寄园寄所寄》)

骂放屁

有几个人坐在一起闲聊，不知谁放了个屁，大家都怀疑一个人，于是大家都指着那人骂。其实，那人并没有放屁，但他也不去辩解，只是冷笑，大家奇怪地问道：

“你有什么可笑的事情？说出来大伙儿听听！”

那人说道：“我笑那放屁的也跟在里头骂我。”

（清・石成金《笑得好》）

萝卜对

东家供给先生的饭菜很差，每顿饭只有一道萝卜菜，先生怨恨而不明说。

有一天，东家请先生吃便饭，打算考考学生的功课。先生预先嘱咐学生道：

“在你父亲的酒席前，若是要你对对子，你只管看我的筷子夹什么东西，就用什么东西来对他。”

学生连连答应。

第二天，摆了席，请先生坐在上座，学生坐在旁边。这时，东家开口了：

“先生每天费心，想必你的学生的功课，天天都有进步吧？”

先生说道：“若是对对子，还可以。”

东家说道：“我出两个字的对子让学生对：核桃。”

学生望着先生，先生拿筷子夹萝卜，学生对道：“萝卜。”

东家摇了摇头，说道：“不好。”接着又出一个是：“绸缎。”

先生又用筷子夹萝卜，学生对道：“萝卜。”

东家道：“绸缎怎么能对萝卜？”

先生说道：“‘萝’是丝罗之罗，‘卜’是布匹之布，有什么不可以呢？”

东家抬头一看，望见隔壁东岳庙，于是又出了一个：“鼓钟。”

先生又用筷子夹萝卜,学生又对萝卜。

东家说道:"这更对不上了。"

先生说道:"'萝'是锣鼓之锣,'卜'是铙钹之钹,有什么不可以呢?"

东家说道:"勉强得很。"于是又出了个二字对:"岳飞。"

先生又夹萝卜,学生还是对萝卜。

东家说道:"这更使不得。"

先生说道:"岳飞是忠臣,萝卜(罗布)是孝子,有什么不可以呢?"

东家发怒道:"先生为什么总用萝卜让学生对呢?"

先生也大怒道:"你天天叫我吃萝卜,好不容易请客,又叫我吃萝卜,我眼睛看的是萝卜,肚里装的也是萝卜,你为什么倒叫我不教你儿子对萝卜呢?"

(清·小石道人《嘻谈初录》)

守株待兔

宋国有个农民正在田里耕作,突然,他看见一只兔子飞奔过去,正好撞到田边的树墩子上,把颈儿折断,死了。那个农民没有费丝毫气力,得到了一只兔子,高兴地回到家里。

从这以后，这个农民就不想再干活了，他只一心一意想得到现成的兔子。于是，放下锄头，每天坐在树墩子旁，等待着。他的田荒芜了，可是再也看不见第二只兔子来撞树了。

（《韩非子·五蠹》）

狗　咬

有个人问叫花子道：

“狗为什么看见你们就要咬呢？”

叫花子答道：

“我若是有好衣帽穿戴，这狗东西也会敬重我的！”

（清·石成金《笑得好》）

嚼嘴狗官

有一个新官刚刚到任，就向老百姓要这要那。他摊派每一个里长①要交一百只狗，限定在三天内交齐。有一个里长东奔西走，好不容易才买到九十九只，还缺一只，再也没法子凑齐。里长心生一计，买来一只羊，锯断羊角，混在九十九只狗当中充数。这个新官看到那只羊的嘴巴不停地动，就问：“这只狗为什么老是动嘴？”里长答道：“这只狗等吃等了三天，现在正在嚼嘴呢。”新官听了连连称赞：“好狗！好狗！”里长说：“它确是一只好狗，它还能管住那九十九只狗，所以这只动嘴的狗也算是个狗官。”

（舌尔《笑话》）

五大天地

有个官员，喜好饮酒，对政事吊儿郎当，贪财害民，百姓对他恨之入骨。

---

①里长：相当于村主任。

临卸任时，公众送了一块德政匾来嘲讽他，上面写着“五大天地”。

这个官员问道：“这四个字是什么用意？让人不懂。”

众绅士、百姓齐声答道：

“官一到任时，金天银地；

官在内署时，花天酒地；

坐堂听断时，昏天黑地；

百姓含冤时，恨天怨地；

如今交卸了，谢天谢地！”

（清·小石道人《嘻谈续录》）

奶奶属牛

有个县太爷名叫艾开尤，绰号“爱揩油”。在他五十寿辰的时候，亲戚朋友都送来厚礼，前来拜寿。

县府中那些差吏，听说县太爷要做寿，都想表示一点意思，讨个欢心。他们私下筹划商议，听说艾老爷属老鼠，就凑了一些碎金铸成了一只金老鼠，作为寿礼送给县太爷。艾开尤一见黄灿灿的金鼠，立即眉开眼笑，对这些手下人着实夸奖了一番。最后，他还特意提醒大家道：“你们可知道，过不了几天，就是大奶奶的生日了。别忘了，大奶奶是属牛的。”

（舌尔《笑话》）

剥地皮

有个贪官，任期已满，回到家中，看见家里多了一个老头儿，问他是什么人，老头儿答道：

“我是你管的那个县的土地爷。”

“为什么来到我家？”贪官问道。

土地爷答道：

“那地方上的地皮都被你剥了来，我无处去，叫我怎么能不跟你来呢？”

（清·石成金《笑得好》）

诙谐笑话

孙的下边才是你

有一天,两个买卖人住到同一个客店里。一个问:“老兄贵姓?”另一个说:“姓李。贤弟贵姓?”那人说:“免贵姓孙。”姓李的一听,唉声叹气。姓孙的问他为啥叹气,姓李的“嘿嘿”一笑说:

“大哥姓孙实不当,
当初何不改姓王?
开口比人小两辈,
姓儿也比姓孙强。”

姓孙的一听好恼:你这家伙,初次见面就作歪诗奚落人,我也不客气了,随口说:

“贤弟你莫心欢喜,
我姓孙来你姓李。
百家姓里查一查,
孙的下边才是你。”

(讲述:吴庆展　采录:邹道友)

抄　近　路

张三上街赶集爱抄近路,时间长了,把李四地里踩出一条小路。李四很生气,用镢头把张三踩的小路挖了一溜儿坑。张三见了,对李四说:“李大哥,我见一个稀罕事:谁家的驴尥蹶子,把你家地里刨了一溜儿坑!”

李四听了笑笑说:“这算啥稀罕。有个小孩儿才稀罕哩:他出生时,从他娘肚脐眼儿里爬出来啦!”张三问:“真有这种稀罕事?”李四说:“可不是嘛,那小孩儿爱抄近路。”

(讲述:郑心运　采录:郑　健)

妙　计

（回族）

某剧团的须生演得不好，演《火烧新野》时便从外地请来个须生演诸葛亮，叫本团须生演赵云，本团须生很不服气。

开戏了，诸葛亮上场唱一阵子就开始调兵遣将，命赵云说："子龙听令，你带三千人马埋伏道旁，但见东山火起，率兵杀出，不得有误！"赵云叫声"得令"，本来该下场了，可他不下，拱手上前又加了一句台词："啊，军师，假若那东山不起火，末将又当如何？"演诸葛亮的一听，知道演赵云的在故意捣蛋，就笑呵呵地说："子龙，附耳上来。"赵云附耳上去，诸葛亮小声说："你不要脸，滚蛋吧你！"演赵云的很生气但又不能发作，只得强装笑脸拱手说："军师妙计！"转身下场了。

（讲述：丁世友　采录：丁嘉宝）

不胜买个皮袄

有个老头儿的老伴儿死了，感到很孤单，跟儿子商量说："孩子，大冬天我自个儿睡冷，再给你娶个后娘吧？"儿子说："娶那干啥？还不胜买个皮袄哩。"

后来，儿子见邻居娶媳妇，就跟老头儿商量说："爹，人家都娶媳妇哩，我也不小了。"老头儿说："娶那干啥？还不胜买个皮袄哩。"

（讲述：王美兰　采录：岳修武）

案子断颠倒了

（彝族）

树太科这个地方，本来是庄稼人的，后来被常土司①霸占了。阿智看见自己的地上长着土司家的荞子，越瞧越辛酸，越瞧越火起，牙齿一咬，就把

①土司：是地方的行政长官。

赶着的羊吆到荞地里去,把荞子吃得一干二净。常土司晓得了,硬要阿智赔他的荞子。阿智说:“老爷,你家的羊吃了你家的荞子,反倒要我赔?好好好,我赔你就是。”

晚上,阿智拿几条大口袋到山上,把常土司家打好的荞子背了几口袋回来。第二天一早就送到常土司家去。常土司摸摸荞子,斜着眼睛问阿智:“咦?这些荞子这样好,沉甸甸的,怕是偷了我的来还我吧?”阿智说:“老爷!你家的荞子是沉甸甸的,我的荞子也是沉甸甸的;你家的荞子是三角形,我的也是三角形,你咋不说是你偷了我的呢?”土司瞪着眼答不出话来,就把阿智拉到禄劝县府去告状。

县官看见常土司跟个牧羊佬来打官司,问都不问,就断土司为赢,阿智为输。阿智听了,一面叫“多谢,多谢”,一面转过身子,把屁股对着县官磕头。县官几乎气昏了,拍着桌子大骂:“你是什么东西,敢用屁股对着本县官磕头!”阿智丝毫不怕县官那股臭威风,他大声说:“你县官断案断颠倒了,我磕头也要颠倒磕才合你县官的理呀!”

（讲述:张本仁　王罗开　张正贤）

避雨奇遇

（维吾尔族）

国王约阿凡提同去打猎。国王和卫士们骑着骏马,却给阿凡提一匹懒洋洋的马骑。他们走着走着,来到戈壁滩上。这时正是中午,忽然刮起一阵大风,霎时浓云密布,电光闪闪,雷声隆隆,倾盆大雨下起来。国王和卫士们赶着马没命地向京城跑去。路上雨越下越大,国王和卫士们的衣裳都淋得湿漉漉的。阿凡提骑的那匹懒马,一听见雷声轰隆隆的响,就趔趔趄趄地不往前走。阿凡提看此情形,就一下子跳下马,把身上衣服脱光,小心翼翼地折起来,掖在马鞍子底下。不一会儿,雷停雨住,云消日出,阿凡提不慌不忙地穿上衣裳,骑在马上,慢吞吞地往京城走去。到了王宫,国王一看,非常诧异,问道:“阿凡提,你的衣裳为什么干爽爽的,一滴雨珠也没落上呀?莫非你有什么防雨妙法吗?”

阿凡提笑了笑说:“不,陛下,你们躲雨逃走之后,雨也就跟在你们屁股后面赶过去了。我骑的那匹懒马,把我带到一座景色异常动人的大花园里。那花园呀,真称得上是世间最美丽的花园——百花怒放,万紫千红,绿树成荫,香气馥郁;鲜果累累,黄莺在翠绿的枝头啼唱;渠水泱泱,小鱼在澄清的水波中嬉游。我呀,就在那儿享了一阵福回来了。”

国王听得目瞪口呆,十分惊奇,很想到那花园里游赏游赏。

第二天,国王又邀阿凡提同去打猎。这回他让阿凡提骑上自己的骏马,自己却骑上阿凡提骑过的懒马。走着走着,到了戈壁滩上,正要动手打猎时,忽然又是狂风大作,乌云翻滚,眼看大雨就要下来。阿凡提扬鞭在马屁股上抽了两鞭,马飞跑起来,转眼工夫就到了京城里面,身上未落一滴雨。国王骑的那匹懒马听到轰隆隆的雷声,又是踟蹰不前。国王用脚踢,用鞭子打,它还是一动不动。雨哗哗、哗哗,一个劲儿地下。国王气得龇牙咧嘴,毫无办法,只好站在大雨里挨淋。等到雷停雨息,懒马才驮着国王,颠颠拐拐地回到京城。

国王一见阿凡提,便怒气冲冲地说:“咳!阿凡提,你是何等人,竟敢对国王胡说八道?”

“不,陛下,”阿凡提笑眯眯地说,“要是你跟我一样,把衣裳脱下来掖在马鞍子下面,你的衣裳是决不会落上一滴雨的。”

（翻译:赵世杰　阿·冬妮亚）

种 金 子

（维吾尔族）

阿凡提借来几两金子,骑着毛驴到野外,就坐在黄沙滩上细细地筛起金子来。不一会儿,国王打猎从这儿经过,看见他的举动很奇怪,便问道:“喂,阿凡提,你这是干什么哪?”

“陛下,是您呀!我正忙着哩,这不是在种金子嘛!”

国王听了更加诧异,又问道:“快告诉我,聪明的阿凡提,这金子种了怎样呢?”

“您怎么不明白呢?”阿凡提说,“现在把金子种下去,到居曼日①就可以来收割,把头十两金子收回家去。”

国王一听,眼睛都红了,心想:这么便宜的肥羊尾巴能不吃吗?他连忙赔着笑脸跟阿凡提商量起来:“我的好阿凡提!你种这么点金子,能发多大的财呢?要种就多种点,种子不够,到我宫里来拿好了!要多少有多少,那就算是咱们俩合伙儿种的。长出金子来,十成给我八成就行了!”

“那太好啦,陛下!”

第二天,阿凡提就到宫里拿了两斤金子。一个礼拜后,他给国王送去了十来斤金子。国王打开口袋,一看金光闪闪的,乐得简直合不上嘴。他立刻吩咐手下,把库里存着的好几箱金子都交给阿凡提去种。

阿凡提把金子领回家,都分给了穷苦人。

---

①居曼日:即星期五,是伊斯兰教做大礼拜的日子。

又过了一个礼拜，阿凡提空着一双手，愁眉苦脸地去见国王。国王见阿凡提来了，笑得眼睛眯成一条缝，问道："你来啦！驮金子的牲口，拉金子的大车，也都来了吧？"

"真倒霉呀！"阿凡提忽然哭了起来，说道，"您不见这几天一滴雨也没下吗？咱们的金子全干死啦！别说收成，连种子也赔了。"

国王顿时大怒，从宝座上直扑下来，高声吼道："胡说八道！我不信你的鬼话！你想骗谁？金子哪会干死？"

"咦，这就奇怪了！"阿凡提说，"您要是不相信金子会干死，怎么又相信金子种上了能长呢？"

国王听了，活像嘴里塞了一团泥巴，再也说不出话来。

（翻译：赵世杰）

阿凡提和国王

（维吾尔族）

在严寒的冬天，一日，京城内敲锣打鼓，宫廷里的传令官向人们吆喝道："大家听着！国王陛下的圣旨下来了：谁如果在今天晚上，能赤着身子在城墙上坐一夜的话，那他就将得到公主和一半江山……"

阿凡提听到这个消息，心想：我不妨试一下，捉弄捉弄这个国王。于是，阿凡提走到宫里，对国王说："最尊贵的人，我愿意在城墙上过夜。"

国王听了阿凡提的话，感到惊奇，便对手下人说："你们把他的衣服脱光，让他上去，他一定会冻死的。哼，愚蠢的家伙！"

阿凡提说："陛下，请你的仆人在城墙上放一块石头吧！"

国王说："傻瓜，你要石头干什么呢？"

阿凡提说："这是我的秘密，没有石头的话，我是不上去的。"国王答应了他的要求。

仆人们遵照国王的意思，脱去了阿凡提的衣服，让他上到城墙顶上，同时给上边送了一块很大的石头。做完了，仆人们便拿掉梯子，都这样想："天气这么冷，他一定会冻死的！"

这一夜，天气特别寒冷，可阿凡提却有办法防寒。他并不在一个地方蹲着，而是把那块石头，一会儿推过去，一会儿滚过来。就这样，他度过了一个严寒的夜晚。

第二天早晨，当国王和他的大臣们来到城下的时候，只听阿凡提不停地喊道："哎呀，好热，真是热极了呀！"仆人们把衣服递给他，阿凡提便走下城墙，对国王说："尊贵的陛下，我赤着身子度过了一个严寒的夜晚。你现在应该遵守诺言，把你的女儿和一半江山给我了。"

国王哪有这份真心呢，他不过想开开心，才想出了这个把戏。谁知，阿凡提当真没有冻死。国王被问得无话可答，半晌，才又狡猾地问道："喂！阿凡提，你晚上看见月亮了没有？"

阿凡提说："是的，我看见了月亮。"

国王把脸一变，厉声地吼道："唔，原来你违背了我的条件，是借着月亮的光暖和你的。来人呀，给我把这个骗子赶出去！"就这样，阿凡提被赶走了。

阿凡提满腔怒火，觉得在城里再也待不下去了，便搬到荒野，在一口井的旁边住了下来。

在一个炎热的夏天，国王和他的大臣们，整整在荒野打了一天猎，只觉口渴得要命。为了找到一口水，便在荒野里乱跑着。这时，国王忽然发现了一户人家，便跑上前去，厉声喊道：“喂，房主人在哪儿？快出来接待客人！”

阿凡提走出来说：“公正的陛下，在我的家里，你需要什么，就尽管说吧。”

国王怒喝道：“水！快要把我渴死了。”

阿凡提说：“唔，要水啊，那我就去提来。”

阿凡提向井边走去，他没有打水，却把水桶上的绳子解下来，埋在沙土里，自己坐在井边。

半晌，国王等得着急了，就命他的随从找阿凡提 很快，那人就回来了，对国王说：“国王陛下，阿凡提说：‘让你们这群傻瓜，自己到井边来。’你听这算什么话呀！”

国王怒骂了一句：“浑蛋！”只好带着随从一起奔井边而来。国王一见阿凡提，便怒气冲冲地说：“蠢材，你给我打的水在哪儿？”

这时，阿凡提不慌不忙地用手指着井口道：“聪明的陛下，你往井里看。”国王不解地看了看井里的水，大吼道：“傻瓜，水的闪光怎么能使我解渴呢？”

阿凡提看着他那副凶狠、愚蠢的样儿，不觉失笑道：“唉，陛下，在寒冷的晚上，月亮的光既然能给我暖和，那为什么水的闪光，就不能使你解渴呢？”国王被问得目瞪口呆，一句话也说不出来。

（翻译：西北民族学院维文班）

真的没有了

（维吾尔族）

国王和大臣打猎回来，热得浑身流汗，口干舌燥。两人骑着马赶到了阿凡提家门口。大臣也不下马，就喊道：“喂，老百姓！快把酸奶子端出来，掺上冰凉冰凉的水！我们渴坏啦。”

阿凡提不慌不忙地空着手走出来，慢慢地行了礼，才开口说：“上午我干了半天活儿，也渴坏啦。家里的酸奶子，我已经统统喝光了，现在一滴也没有了。”

国王和大臣十分扫兴，只好走了。当他们已经走得很远很远的时候，阿凡提忽然提着一个盛酸奶子的罐子，站到屋顶上高声叫道：“回来！请——你——们——回——来！”

国王和大臣一眼看见那只罐子，高兴极了，立刻掉转马头，飞奔回来。等两人又到了门口，阿凡提站在屋顶上，把罐子倒过来，对他们说：“实在对不起，请您看看这罐子，酸奶子真的没有了！”

（翻译：赵世杰）

庄稼汉的力量

（维吾尔族）

国王想知道老百姓当中，有没有比自己还有力量的人，于是叫来阿凡提问道：“纳斯尔丁①！你骑着毛驴，走遍了城市和乡村，你看见过老百姓中间，有比我还有力量的人吗？”

“当然有，多的是呢，陛下！”阿凡提说。

“他们是谁呀？”国王感觉十分奇怪。

“就是那些种地的庄稼汉呀！”阿凡提回答。

“胡说！我当是谁呢！抡坎土曼的庄稼汉有什么了不起的，他们怎么会比我还有力量。”

“他们比您强得多！”阿凡提说，“要不是他们给您粮食吃，您还会有什么力量呢？”

（翻译：赵世杰）

---

①阿凡提的全名是纳斯尔丁·阿凡提。

"好　极　啦"

(维吾尔族)

有一年冬天,阿凡提修了间暖房,种上了其里盖①。其里盖熟了,阿凡提挑了几个好的,拿去卖给国王,想多卖几个钱。哪知道国王收下了其里盖,一个钱也没给,只是满口地夸奖他是个好百姓,还连说了三声"好极啦"。

阿凡提出了王宫,肚子饿得咕咕直叫,可是身上半文钱也没有。他想了想,便走进一家饭馆,要了二十个羊肉包子吃了。

"好极啦,好极啦,好极啦!"阿凡提吃完包子,大声喊了三声,站起身就往外走。

"钱呢?"饭馆老板喊道,"你还没付钱哪!"

"怎么?刚才不是给你了嘛!"阿凡提装作十分惊奇。

老板不由分说,一把拉住阿凡提去见国王。国王听说阿凡提吃饭不付钱,生起气来,骂道:"你凭什么白吃人家的包子?"

"我没错,我的陛下!"阿凡提说道,"这个老板太贪心。我不过吃他二十个包子,就把刚才您买其里盖付给我的三个'好极啦'全都给了他。他怎么还想要钱呢?"

国王听了,半句话也说不出来。

(翻译:赵世杰)

矮　坐　头

迂公家里有一个坐凳,很低矮。迂公每次坐,必定拿瓦片支起它的四只脚。后来深感费事,忽然想了个法子,把家人叫来,将坐凳搬到楼上坐。等到

---

①其里盖:一种成熟期很短的香瓜。

坐的时候，还像原来一样低矮，于是说道：

“人们都说楼高，不过徒有虚名罢了。”于是命人把楼拆毁。

（明·浮白斋主人《雅谑》）

合本做酒

有甲、乙两人，合本做酒，甲对乙说道：“你出米，我出水。”

乙问道：“米都是我的，酒做成后怎么算账？”

甲说道：“我决不做亏心事，到酒熟的时候，只把水滗①出来还我就是了，其余的都是你的。”

（明·冯梦龙《笑府》）

七十三八十四

有一家请客，很小气，当招待宾客的时候，背着客人嘱咐仆人道：

“你不要浪费酒，听我敲一下桌子，你就出来敬一次酒。”

主人跟仆人的对话，不想被客人听见。饮酒中间，客人故意问道：

“您母亲今年多大岁数了？”

“七十三岁了。”

客人敲着桌子感叹道：

“难得，难得！”

仆人听见敲桌子的声音，走上前给客人敬酒。过了一会儿，客人又问道：

“您父亲今年多大岁数了？”

“八十四岁了。”

客人又敲桌子道：

---

①滗：挡住渣滓或泡着的东西，把液体倒出。

"更加难得,更加难得!"

仆人又出来敬酒。过了一会儿,主人发觉是计,就生气地叱责客人道:

"你也甭管他七十三、八十四,你也喝得够了!"

(明·冯梦龙《广笑府》)

刮 地 皮

贪官剥削民脂民膏,叫做"刮地皮"。有个贪官,将要调走,查点行装,连土地爷也装在箱里。人民怨声载道,唾骂他为富不仁。临行的时候,竟无一人送行。他慢慢地出得城来,真是人稀路静。忽然间,瞥见路旁有几个人,个个弯腰驼背,人人面目狰狞。只见桌上摆着糖果之类的食品,都是来给他送行的。贪官见此光景,有点纳闷:一路寂静无人,为何此处有人送行。于是问道:

"你们是干什么的?"

众人回答道:

"我们都是地狱的鬼卒,承蒙大老爷重如泰山的恩德,刮地刮到了地狱,让我们这些地狱的鬼卒,能够重新见到人世的阳光,感恩不浅,特来叩送。"

(清·小石道人《嘻谈续录》)

市中弹琴

有位弹琴的好手,在街头弹琴。市民以为弹的是琵琶、三弦之类的乐器,来听的人很多。当听了琴声后,觉得清淡、无趣,都不喜欢听,陆陆续续地走了,只剩下一个人还站在那儿,琴师看见大喜道:

"好啦,总算还有一个知音。有你听,对我也算是个很大的安慰,没有辜负我多年练琴的一番苦心。"

那个人说道:"若不是这搁琴的桌子是我家的,我在这儿等着拿回去,那我也早走多时了。"

（清·石成金《笑得好》）

破网巾

有个人的网巾，十分破烂，有人见了，对他说道："你的网巾破得太不像样了，为什么不修好了再戴呢？"

那人愤怒地答道：

"你想叫我费了钱，却图你们好看！"

（明·醉月子《精选雅笑》）

祀灵山河伯

齐国大旱，景公打算去祭祀灵山，晏子劝道：

"不可以。灵山是把石头当做自己的身体，把草木当做自己的头发；天很久不下雨了，头发将要枯焦，身体将要发烧，难道灵山就不想下雨吗？祭祀它又有什么益处？"

景公说道：

"那么祭祀河伯可以吗？"

晏子说道：

"不可以。河伯是把水当做国家，把鱼鳖当做人民；天很久不下雨了，千百条河流将要干涸，国家将要灭亡，人民将要死亡，难道河伯就不想下雨吗？祭祀它又有什么益处？"

（明·冯梦龙《古今谭概》）

"川"字

有个教书先生，只认识一个"川"字，看见学生递过书来，打算寻个"川"字教他。一连揭了好几页，寻不见"川"字，急得先生满头大汗，忽然看见一个"三"字，又是喜，又是怒：喜的是终于找到了；怒的是寻了大半天寻不见，于是指着“三”字骂道：

“我到处寻你，寻不见，原来你倒躺在这里！”

（明·冯梦龙《广笑府》）

千手观音

有个理发师刚开始学剃头的时候，有一次给人剃头，每割破一处，就用手指头按住，随后割破的地方多了，按也按不过来，就发牢骚地说：

“原来剃头这么难，须有千手观音才能应付！”

（明·冯梦龙《笑府》）

隐身草

有个人在路上行走，别人给他一株草，名叫“隐身草”，说是拿了这株

草，旁人就看不见。这人信以为真，拿着这株草，在街上拿了人家的钱就跑。钱主用拳头打他，他说道：

“不管你怎么打，反正你看不见我。”

（明·赵南星《笑赞》）

疮 痛

有个人腿上长了个毒疮，疼痛得厉害，叫喊不止。忽然想了个法子，在墙壁上挖了个洞，把腿放在洞里。有人问他道：

“你这是什么意思？”

病人皱着眉头说道：

“这疮长在我的腿上，我痛得忍不住，所以在墙上挖个洞把腿伸过去，也让它到别人家去疼疼。”

（清·石成金《笑得好》）

戴 笆 斗①

有个躲债的人，一次有事出门，恐被债主发现，就顶了个笆斗走路。一家债主认出了他，用指头弹着笆斗说道：“你答应给我的钱，怎么样了？”

他随口答应道：“明天。”

随后下雨，大雨点像铜钱般砸了下来，笆斗上噼里啪啦地乱响，那人以为又是要债的人在上面敲打，心慌意乱，口里应道：

“明天，明天，一概都是明天！”

（明·浮白斋主人《笑林》）

---

①笆斗：用来装东西的器具，一般用柳条编成。

卜者子

有个算卦先生的儿子，不学习本业，父亲生气地责备了他。儿子说道：“有什么学头，这很容易啊。”

第二天，刮着风，下着雨，有个来算卦的人，父亲让儿子试试看。儿子问道：

“你是从东北方向来的吗？”

“是的。”

“你是姓张吗？”

“是的。”

“你是给你的妻子求卦吗？”

“是的。”

那人算完后走了。父亲惊问道：

“你事前怎么知道的？”

儿子答道：

“今天刮的是东北风，那人面朝西走来，肩膀、脊背都潲①湿了，因此知道他是从东北方向来的；他的雨伞把柄上，明明刻着‘清河郡’，不是姓张②是姓什么？况且雨下得这么大，不是为妻子，谁肯为父母而来呢？”

（明·赵南星《笑赞》）

吏人立誓

有个官吏，贪赃枉法，被判了徒刑，遇到大赦，被放了出来。因此这个官吏发誓，从此后，再不接人钱财，如再接了人家的钱财，手上就生恶疮。

过了不久，有个打官司的送来钱钞，想使自己打赢官司。那个官吏见

---

①潲：雨斜着落下来。

②清河为张姓的起源地。

到钱钞，手就发痒痒。又想接，又不敢接，怕犯了誓言。总而言之，很难用手去接。过了一会儿，他想了个好办法，于是说道："你对我如此殷勤，不收吧，怕辜负了你的一片诚心，这样吧：你且把钱放在我的靴筒里。"

（明·冯梦龙《广笑府》）

死后不赊

有个乡下人，由于极其吝啬发了财。临终的时候，奄奄一息，拖延时光，不肯断气，苦苦地哀告妻子道："我一生苦心经营，贪得无厌，六亲不认，才得今日富足。我死后，把皮剥了，卖给皮匠；割了肉，卖给肉店；刮了骨头，卖给漆店。"

他翻着眼珠子，必定要妻子答应后，才肯断气。已经死了半天啦，又苏醒过来，叮嘱妻子道："如今人情浅薄，千万不可赊给他人！"

（明·冯梦龙《广笑府》）

跌

有个人忽然摔倒在地，刚站起来又摔倒了，于是说道："早知道还有一跌，倒不如干脆不起来好了。"

（明·浮白斋主人《笑林》）

兄弟合买鞋

兄弟二人，凑钱买了双靴子，商量好合穿。靴子买回来后，弟弟白天穿着走路，哥哥捞不到穿，很不甘心。于是，他在夜间穿着靴子走路，一直走到天亮，没有时间睡觉。没几天，靴子破了，弟弟对哥哥说道：

"再合买一双新的吧！"

哥哥皱着眉头说道：

"不买了，自从买了靴子后，耽误了我的睡觉，还是让我好好地睡睡吧!”

（清·石成金《笑得好》）

看　相

有个呆子上街，碰到一个看相的人，正在谈论人的手相：

“男人手如绵，

身边有闲钱；

妇人手如姜，

财谷满仓箱。”

呆子听到后，连忙拍掌大笑道：

“我老婆的手如姜啊!”

看相的问道：“你怎么知道的?”

“昨天我被她打了个嘴巴，到现在还火辣辣的。”

（明·无名氏《时尚笑谈》）

高帽子

从前，有两个学生外出做官，一同去向老师告别。老师对他们说道：

“当今这个世界，直性子是行不通的，逢人送顶高帽子，就可以了。”

其中一个学生说道：

“老师的话是不错的，现今世界，像老师这样不喜欢戴高帽子的人，能有几个呀!”

老师听后大喜。二人告辞走了出来，这个学生对另一学生道：

“高帽子已经送出去一顶了!”

（清·独逸窝退士《笑笑录》）

不死酒

汉武帝的时候，有人给他贡献了一坛“不死酒”，被东方朔给偷喝了。

汉武帝大怒，打算杀了他。

东方朔说道："我所喝的是'不死酒'，杀我，我必定不死；假若我死了，那么'不死酒'也就不灵验了。"

汉武帝笑了笑，饶了他。

（明·浮白斋主人《雅谑》）

相法不准

有个人问看相的人："你以前的相法十分灵验，然而现在的相法，为什么一点也不灵验？"

看相人皱着眉头说道：

"现在的相法跟从前的有所不同：从前的人，凡是遇见方面大头的，注定荣华富贵；但是，现在遇见方面大头的，反而受歧视。只有尖头尖嘴的，因为专会钻营，倒能富贵。你叫我如何相得准呢？"

（清·石成金《笑得好》）

较　岁

有一人刚养个女儿，有人来说媒，男方只有两岁，那个女儿的爸爸一听，怒不可遏地说道：

“我的女儿一岁，他的儿子两岁，假若我的女儿十岁，他的儿子就二十岁了，怎能许配这样的老婿？”

妻子听后说道：

“老糊涂，你说错了，我的女儿今年一岁，明年便跟他的儿子一般大，为什么不许配呢？”

（明·冯梦龙《广笑府》）

一钱莫救

有个人吝啬过度。有天突然下暴雨，河水大涨，他舍不得出摆渡钱，于是拼命趟水过河。不想趟到河中间，水流湍急，把他冲倒，漂流了半里多远。他儿子在岸旁，正在寻船去搭救他。船夫要一钱银子才去，儿子只出五分，讨价还价，耽误了不少时间，还没有定下来。他父亲在垂死之际，回过头来，呼喊着他的儿子道：

“我的儿，我的儿，五分便救，一钱不救！”漂流得越来越远，声音越来越弱，终于至死没救。

（明·冯梦龙《广笑府》）

嘲客久住

有个客人到朋友家，住了很久也不说走，主人嫌弃。有一天，主人领着客人到门外闲望，忽然望见树上有一只鸟，有鸡那么大，主人说道：

“你等一下，让我拿把斧头，砍倒这棵树，捉住这只鸟，好给你下饭。”

客人说道："只恐树倒了，鸟也就飞了。"

主人说道："你不知道这呆鸟，往往树倒了，它还不知道飞。"

（宋·陈元靓《事林广记》）

不咸的盐

有人煮了一锅汤，拿勺子舀起来尝了尝味道，觉得盐放得不够，就再放了一些。然后又拿起原先舀在勺里的汤再尝了一尝，说："盐还是放得太少。"于是他又放了一些盐。

他这样尝了好几次，也放了好几次盐，但仍觉得很淡，于是他奇怪起来了，说："为什么这盐一点也不咸呢？"

（明·浮白斋主人《笑林》）

煮竹席

北方人到南方去，南方人请他吃笋。他问："这是什么？"南方人回答说："是笋，长起来便是竹。"这人回到家里，想着竹席既然是竹做的，也可以吃，便把床上的竹席拿来煮，煮来煮去却煮不熟。他恼了，就跟妻子说："南方人真滑头，专门戏弄别人！"

（明·浮白斋主人《笑林》）

骗　吃

有一次，侯白与同伴一同到京外去，路上碰见一个贵公子出门打猎。这贵公子身后跟着许多人马，打着鲜明的旗帜，载着七七八八的什物，还携带着酒菜。

侯白对他的同伴说："我们已经很饿了，必须把这人带的食品拿点来吃吃。"

大家说："他是贵公子，我们又不认得他，怎能吃到他所带的食品？"

侯白说："包在我身上，你们跟我来。"

侯白马上赶上去，问那贵公子："你手臂上停着的鸟叫做什么？"

贵公子说："叫做鹞子。"

"它有什么用处？"

"它会捉喜鹊，捉鹌鹑。"

侯白故意装出惊奇的样子说："倒不知道有这个用处。我们庄上树林里有鹞子三四窠，小鸟恐怕已经孵大了，总没法弄到手。既然有这个用处，我回去定要养几只了。"

贵公子听了大喜，说："你们庄上离这里多远？"

侯白说："二十多里。"贵公子要他马上一同去。

侯白说："我们一早出来，肚子已经饿得很，走不动了。"

贵公子就把所带的食品给他吃，连侯白的几个同伴也都吃了一个饱。

这时，贵公子的鹞子正发声鸣叫，侯白就说："我们庄上的鹞子，身体大小，倒都跟你的差不多，就是叫的声音却有些不同。"

贵公子就问他："那里的叫声怎样？"

侯白说："它的叫声是'求敕鸠'（求吃酒）。"

这原来是郭公鸟的叫声。贵公子到这时才知道上了当，只得恨恨地走了。

（隋·侯白《启颜录》）

难道是给车子轧伤的吗

有一个山东人娶了蒲州的女人做妻子。

蒲州地方，患甲状腺症的人很多，他岳母的颈项就肿得很大。

结婚几个月以后，女家疑心女婿是呆子，岳父就办了酒菜，请亲戚一同聚会，要试一试女婿。

岳父问女婿道："你在山东读书，懂得道理，可知道鹤为什么会鸣？"

女婿回答说："这是天生的。"

“你可知道松柏叶子为什么到了冬天也是青的?”

“这也是天生的。”

“你可知道路边的树为什么有节瘤吗?”

“这也是天生的。”

岳父就很瞧不起女婿,说:“你完全不懂,亏你还是读书人!告诉你吧,鹤所以会鸣,是因为它颈项长;松柏叶子所以到冬天也是青的,是因为它心中强;路边的树所以有节瘤,是因为给车子轧伤的。哪里是天生的!”

女婿却问岳父道:“我可以拿我所见到的来回答你吗?”

岳父回答说:“可以,你说吧!”

女婿就说道:“蛤蟆会叫,难道是因为它颈项长吗?竹叶到了冬天也是青的,难道是因为心中强吗?岳母颈项这样大,难道是给车子轧伤的吗?”

岳父被问得又羞又愧,没有话可说。

(隋·侯白《启颜录》)

卖核桃

有个老头儿上街去卖核桃,半天没有发市。

这时候,街那边来个卖枣的,走着吆喝着:“卖枣啦!大枣小核儿,小枣没核儿。先尝后买,快来买呀!”不一会儿,两筐枣就卖完了。

卖核桃老头儿也学着卖枣的吆喝开了:“卖核桃啦!大核桃小仁儿,小核桃没仁儿。先尝后买,快来买呀!”

(讲述:丁群山　采录:丁莲花)

卖柿饼

弟兄俩在会上正卖柿饼,哥对弟说:“你先在这儿卖,我去解个手。”过一会儿,哥回来了,弟小声说:“哥,快跑吧!”说着,掂着秤就跑。哥也不知道是咋回事,背上柿饼布袋也跟着跑。一口气跑出会场,弟才停住对哥说:

“你不知道，刚才有个人买柿饼，我在秤锤底下粘个柿饼。我怕他找来不依咱，才叫你快跑哩。”他哥迷瞪了一会儿，说：“走，不敢搁会上卖了，要叫那人找着可不得了！”

（讲述：张　海　采录：张永林）

哥儿俩卖面

弟兄俩一块儿去卖面。卖完面，哥哥数数钱，心里算了算账，对弟弟说：“不对呀，今儿个咱卖二斗麦的面，咋只卖这么点钱，是不是人家少给咱啦？”弟弟趴哥哥耳朵上小声说：“哥，你还说哩，要不是你给人家称面时，我用脚尖儿在下面偷偷顶着面布袋，卖的钱还少哩！”哥哥一听大气，用面布袋朝弟弟头上狠摔一下，给弟弟弄了个大白脸。他一看弟弟那个样儿，忍不住又笑了。弟弟见哥哥笑，忙说：“哥，你可醒过来劲儿了吧！”

（讲述：常文良　采录：陈连忠）

想　喝　水

有个卖包子的，叫儿子扤一篮包子去街上卖，交代说：“卖五个钱一个。”儿子问：“四个钱一个卖不卖？”他爹说：“四个钱一个还不如自己吃哩。”儿子到街上喊：“热包子，五个钱一个！”买主不还价，他就卖；买主一还价，他就不卖，就自己拿着吃。结果，一篮包子卖一半，吃一半。

儿子到家，他爹数数钱不对，问：“咋少一半包子的钱？”儿子说：“卖一半我吃一半。”他爹说：“卖包子谁叫你吃哩？”儿子说：“有些人想四个钱买一个，我不卖。你说四个钱一个还不如自己吃哩，我就吃了。”他爹气得把他骂了一顿。儿子傻愣着，不知错在哪儿。他爹说：“你愣那儿想啥哩？”儿子说：“我渴，想喝水。”

（讲述：田来印　采录：李　洁）

傻瓜做生意

有一家弟兄仨出门做生意,夜里住到一家客店里。半夜,小三儿腿痒了,逮着老大的腿一个劲儿地挠。老大疼醒了,问小三儿:“你挠我的腿干啥?”小三儿说:“挠着你的腿啦?我说咋干挠不杀痒哩。”老大把腿一蜷,心想:小三儿真傻!连是不是自己的腿都不知道,还咋出来做生意哩?第二天就叫小三儿回家了。

老大、老二又上路了。天黑了,又找地方住下。夜里下大雨,老二站门口撒尿,整整站了一个时辰,还不回屋睡。老大起来一看,见老二光着屁股站在那里,就问他:“站那儿干啥?”老二说:“还没尿完哩,这不还在响着嘛!”老大听了直摇头:这老二连尿尿和下雨都分不清,能出去做生意吗?第二天又把老二撵回家了。

这天,老大没找着饭店,就住在寺院里跟和尚通铺睡。和尚见他带很多钱,趁他睡着时,换上他的衣裳,拿起他的银两溜走了。天亮老大醒来,朝身上一瞧,见披着和尚的袈裟,大声吆喝起来:“哎,哎,老和尚在这儿,我弄哪儿去啦?”

(讲述:李树森　采录:任立功)

挨打感恩

有个商人官司打输了,要打他八十大板。他怕受不了,掏五两银子觅个醉汉当替身。

醉汉挨到五十大板,实在受不了啦,把商人给他那五两银子送给打板子的衙役,求人家手下留情。衙役收了银子,板子高举轻落,马马虎虎打够八十大板。

醉汉捂着屁股一瘸一拐地走出县衙,找到那个商人,很感激地说:“我的大恩人哪,要不是你给我那五两银子,今儿个我就没命啦!”

(讲述:马申民　采录:陈连忠)

三　笑　石

泰山普照寺①下头，有一块石头叫“三笑石”。相传有一年，三个老头儿先后坐在这块石头上。他仨素不相识，可是瞧瞧各自的花白胡子，就搭起话来。

“这位老者，年纪多大啦?”

“九十七——那位呢?”

“九十八——你呢?”

“哈哈，九十九!”

“哈哈，哈哈，哈哈。”三位老人不觉大笑起来。

笑完之后，三位老人相互要求对方谈一谈各自的养生之道，第一个老头儿说:“饭前一盅酒。”

第二个接着说:“吃饭少一口。”

轮到第三个老头儿，他光笑，不说话，其余二老硬是不放过他，他才笑

①普照寺:在泰山南麓，据传为六朝古刹，唐代扩修为五院。

笑说:“老婆长得丑!”

“哈哈,哈哈,哈哈。”

山谷里回荡着三位老人的笑声。从此,“三笑石”的美名便流传开来。

（讲述:张光海　采录:宋绍香）

谁放屁谁脸红

一群香客正在关帝庙里烧香磕头,“噗”的一声,有人放个响屁。放屁人怕惹怒神灵,就想赖别人,问身边一个胖女人:“是你吃多了吧?”胖女人不想受冤枉,看看身边一个老头儿说:“人老了,胃口不好,肯积食。”老头儿也不愿受委屈,瞅着身后一个庄稼汉说:“吃红薯的人好放屁。”庄稼汉不愿赖别人,指着小鬼说:“他天天站在这儿,是他累出来的。”小鬼一听急啦:“周仓是个鲁莽大汉,肯定是他放的!”周仓听了用眼瞪了瞪关平:“我说关平,要是你放的,就承认了吧!”关平生气地说:“谁放屁谁脸红!”关公一听大怒:“你这小子,竟敢赖老子!”

（讲述:余承江　采录:丁嘉宝）

八 哥 学 舌

过去有个县官儿,喂了一只八哥很会学话。这一天,县官儿的爹来看儿子。他一进门,衙役们喊:“老太爷到!”八哥也学着喊:“老太爷到!”县官儿一听很高兴,把老太爷拿的鸡蛋赏给八哥一个。

一次,县官儿的小儿子出门去玩儿,走到门口摔倒了。县官儿慌忙跑出来,心疼地问:“哟,乖乖,摔得痛不痛?快起来!”八哥听了就记住了。

又有一次,两个衙役因为分赃打起来,一个把另一个打倒了。站着的那人大骂:“黑心的东西,摔死你个龟孙!”躺在地上的那人也骂起来:“好小子,你敢打你祖爷!”八哥听了,也记住了。

有一天,八哥又想吃鸡蛋,就叫起来了:“老太爷到!”县官儿一听,慌忙出来迎接,不留心,走到门口摔倒了。八哥见了忙说:“哟,乖乖,摔得痛不痛？快起来！”县官儿一听，气得骂起来。八哥听到骂声，又说：“黑心的东西，摔死你个龟孙！”县官儿更生气，伸手要打八哥。八哥说：“好小子，你敢打你祖爷！”

（讲述：张心福　采录：王培义）

酒鬼比酒量

四个酒鬼碰在一起，比起酒量来。

第一个说：“我一口能喝三两。”

第二个说：“我一口能喝半斤。”

第三个说：“我连酒瓶一起吞。”

第四个说：“我也不知一口能喝多少酒，只知道喝了口酒后，出了个气，一下醉倒四五十人。”

（讲述：严老九　搜集整理：刘俊辉）

寓言笑话

爱钱忘命

永州地方的人都很会游泳。一天，江水暴涨，有五六个人划着一只小木船横渡湘江，船到中流，被激浪打翻，大家都落进水里，拼命向岸边游去。

其中有一位汉子使出全身气力，也游不了几尺远。同伴奇怪地问他："平日你最会游水，怎么今天落到后面去了？"他喘着粗气回答："我腰上缠着一千枚大钱，重得很，所以游不动啦。"同伴说："怎么还不丢掉呢？"他不回答，只是摇着头。不一会儿，他更加游不动了。已经上岸的同伴对他大声呼叫说："你好愚蠢！你被金钱迷得太深了！命都顾不上，还要钱干什么？"他翻着白眼，还是摇着头。最后，冒了几个气泡，就沉下水淹死了。

（唐·柳宗元《柳河东集》）

挤 牛 奶

有一个人家，养了一头母牛。主人因事要大请其客，准备挤些牛奶，供招待之用。转而一想：现在离请客还有一个月，如果每天预先把牛奶挤下来，积多了，牛奶容易变酸，不便保存，不如就利用牛肚皮暂时储藏一下吧，临到请客时一次挤出，又多又新鲜，岂不甚妙？打定了主意，主人便把母牛和那只还在吃奶的小牛隔离开来，牛奶也不挤了。

请客那天到了，客人们纷纷光临。主人把母牛牵出来派用场，却什么也挤不出了，牛奶全部干掉了。

（印度·僧伽斯那《百喻经》）

卜妻为裤

从前，在郑县这个地方，住着一个名叫卜子的人。他穿的裤子又脏又破，便买来一块布头，叫妻子为他做一条新裤子。卜妻量量尺寸，问他："这条裤子做成什么式样啊？"卜子随口回答："照老样子呗！"

新裤子缝好了，卜妻就认认真真地仿照老裤子的模样，这里戳几个破洞，那里抹一摊油渍，弄得皱皱巴巴、破破烂烂的。花费了不少工夫，总算完成了。她把裤子捧到卜子面前，得意地说：“满意吧？同老裤子一模一样。”

（《韩非子·外储说左上》）

三 层 楼

有一个富人，很愚蠢。他看到另一个富人家房屋的第三层楼，轩敞壮丽，心中好生羡慕。他有的是钱，马上叫泥瓦匠来造一所同样的第三层楼房。

泥瓦匠开始打地基，叠砖头，建造楼房的最下一层。富人瞧了，心里有些疑惑，就跑来问泥瓦匠道：“你这是造什么房子呀？”泥瓦匠答道：“还不是照你的吩咐建造三层楼房吗？”

原来富人羡慕的，只是楼房的最上一层，他要造的也只是这一层。他连忙制止泥瓦匠道：“你给我造房子，就得依我的计划，我是不需要第一、第二层楼的，只要第三层就够了，还是给我把它先造起来吧！”

（印度·僧伽斯那《百喻经》）

河豚之怒

江南一带的河里有一种鱼，人们把它叫做“河豚”。河豚喜欢在桥墩之间游来游去，迎头撞在桥墩上，顿时怒气冲冲，无论如何都不肯走开，怨恨桥墩为什么撞到自己。一面骂，一面张开两腮，竖起浑身的鬣刺，满肚皮充满了怒气，浮到了水面上，许久都一动不动。这时候，鸢鸟掠过河面，一把抓住圆鼓鼓的河豚，啄开它的肚皮，美餐了一顿。

（唐·柳宗元《柳河东集》）

树叶隐身

楚国有个人家境破落，他不去好好劳动，整天想着发一笔横财。有一天，他在《淮南方》[1]里翻到这样一段话：螳螂捕蝉，全靠有树叶给它遮身，人要是得到那片树叶，就可以隐身。于是，他丢下书，跑到树林里仰头张望。好半天，总算给他发现有一只大螳螂躲在一片树叶背后，举起双臂朝蝉扑去。他急忙攀上树杈，伸手去摘那片树叶。可是过于心急，树叶落到地上。地上原来就铺着厚厚一层落叶，他无法分辨，只好干脆把地上的树叶统统扫回家，竟装了满满几大斗。

然后他举起一片树叶，问妻子："你看得见我吗？"

妻子正忙着织布，回头说："看得见。你这是干吗？"

"不要你多管，"他换了一片树叶又问，"还看得见我吗？"

"看得见。"

从正午一直到日头偏西，楚人不停地捡起树叶问妻子。妻子实在厌倦

①《淮南方》：相传为淮南王刘安编撰的一部方术之书，今已失传。

不堪了，只好随口回答："看不见了。"

"真的？"

"真的。"

这一下，楚人高兴极了，连忙径直朝市场跑去。市场上车水马龙，十分热闹。他一手举着树叶，一手就去店铺上捞东西。手还没有来得及缩回来，别人就怒喊着朝他扑来，将他扭送到县衙去了。

（北宋·李昉《太平御览》）

愚人买鞋

有个郑国人，想到市上去买一双鞋子，便先用一根稻草量了量自己的脚，作为尺码。但临走时，却把尺码丢在家里，忘记带去。

他到了市上，走进一家鞋店，看见一双鞋子，觉得很中意，可是一摸口袋，尺码没有带来，忙对店员说：

"我忘记带尺码来，让我赶回去把尺码拿来再买。"说罢，拔脚就跑。

这样一来一往，等他从家里拿了尺码再到市上时，鞋店已关门了，他终于没有买到鞋子。

有人知道了这事，就提醒他："你为自己买鞋子，可以直接穿上试试大小，还要什么尺码呢？"

买鞋的人回答说："我是宁肯相信尺码，也不相信自己的脚！"

（《韩非子·外储说左上》）

黄公嫁女

从前，齐国有一位姓黄的老相公，很讲究为人谦让自卑，也喜欢大家称道他谦卑的美名。

黄公有两个妙龄女儿，养在深闺，双双长得容貌艳丽，体态娴雅，堪称天姿国色。有人听说了，就向黄公拱手道喜说："相公好福气，养的女儿才貌超群。""哪里，哪里！"黄公总是连连摇头，"小女质陋貌丑，粗俗蠢笨，不足挂齿,不足挂齿!”长此以往,众人都信以为真。于是,黄公二女的丑恶名声便远播乡里,早就过了婚嫁年龄,没有一个人来上门求亲。

卫国有个无赖汉子,早死了老婆,一直无钱再娶,便跑到黄公门上求婚。等婚礼完毕,揭开头巾一看,竟是一个绝代佳人,无赖汉像拾到金元宝一样高兴。

消息很快传开了,人们都知道原来是黄公过于谦虚,存心把自己女儿说丑的,于是,许多名门望族都竞相向他的第二个女儿求亲。一时间,黄公家门庭若市。

(尹文《尹文子·大道上》)

偷　金

从前齐国有一个人,整天想着金子。一天清早起来,他把衣服穿得整整齐齐,赶到市上,走进一家金店里,伸手拿了一块金子回头就跑。

人们把他捉住了,并责问他说:“当着这么多人,你竟敢偷人家的金子?”

那个人回答说:“我拿金子的时候,只看见金子,没有看见人!”

(《列子·说符》)

杞人忧天

有个小国家叫杞，那里有个人整天胡思乱想，忽然想到天随时可能崩塌下来，地也随时可能陷落下去，这样一来，他连安身的地方也没有了。于是，他越想越害怕，每天忧心忡忡的，茶饭不进，睡眠不安。

有个热心人听说此事，暗暗好笑，跑来开导这个杞国人说："天不过是一团积聚的气体，到处都是气，人运动呼吸也是在这气当中，怎么可能崩塌下来呢？"

杞国人将信将疑地说："就算天是积气，可是难道太阳、月亮和星星不会掉下来吗？"

"不会，不会！"那人回答，"日月星宿也不过是一团团会发光的气体，就是掉下来打着头，也不会伤人。"

杞国人还不放心，又问："那么地陷下去怎么办呢？"

热心人忙又回答："地不过是堆积起来的土块罢了，到处都是这样的土块，它怎么会陷落下去呢？"

杞人听罢，豁然开朗，心头像放下了千斤重担；那个热心人也很高兴。

（《列子·天瑞》）

自相矛盾

矛和盾是古时候的两种武器，矛是用来刺人的，盾是用来挡矛的，功用恰恰相反。

楚国有一个兼卖矛和盾的商人。一天，他带着这两样货到街上叫卖，先举起盾牌向人吹嘘说："我这盾牌呀，再坚固没有了，无论怎样锋利的矛枪也刺不穿它。"停了一会儿，又举起他的矛枪向人夸耀说："我这矛枪呀，再锋利没有了，无论怎样坚固的盾牌，它都刺得穿。"

旁边的人听了，不禁发笑，就问他说："照这样说，就用你的矛枪来刺你的盾牌。结果会怎样呢？"

这个商人窘得答不出话来了。

（《韩非子·难势》）

狗国狗门

晏子身矮貌丑，可是为人机智。有一次，晏子作为齐国的全权代表，前去楚国京城谈判。楚王存心想侮辱晏子，令人在城门旁边挖了一个小洞，让管礼宾的小官带晏子从此洞进城。晏子不进，看看周围等着看笑话的人群，十分惊讶地说："啊呀，今天我恐怕来到狗国了吧？怎么要从狗门进去呢？"楚人讨了一脸没趣，只好引他从大门进了城。

晏子走进楚宫，楚王腆着肚皮，高高地站在台阶上，傲慢地瞟了晏子一眼，问道："你们齐国难道就没有人了吗？""怎么会没有人呢？"晏子从容地回答，"临淄有七八千户人家，房屋一片连着一片，街上行人肩膀擦着肩膀，脚尖踩着脚跟，扇扇衣襟就像乌云遮天，挥把汗水有如暴雨滂沱。这怎么能说没有人呢？"楚王拉长了脸"哼"了一声，又问："既然这样，你们齐国就派不出比你更强的人来吗？"晏子笑嘻嘻地答道："怎么派不出呢？可是我们齐国委派大使是有规矩的，有才干的贤人派去见有才干的国王，无能的家伙派去见无能的国王，我晏子是齐国最无能的一个，所以就被派来见您了。"

（《晏子春秋·内篇杂下》）

东施效颦

西施是越国有名的美女。她经常患心痛的毛病，病时总是用手按住胸口，紧紧地皱着眉头。人家看到她这副病态的表情，觉得反比平日另有一种妩媚的风姿，更显可爱。

邻居有一位东施，虽然奇丑无比，却不甘示弱，她照样模仿西施的病态表情：用手按住胸口，紧紧地皱着眉头，就自以为同西施一样的美丽。

可是看见东施这副怪模样的人，几乎没有一个不作呕的。

（《庄子·天运》）

痴人说梦

戚家公子从小爱读书，但又生性痴笨。一天早上，他从床上爬起来，懵懵懂懂，到处张望，忽然一把拖住进来收拾房间的婢女，问道：“昨天夜里你梦见我没有？”婢女莫名其妙，回答：“没有。”“什么？”公子气得破口大骂，“我明明在梦中看见你，你为何要当面耍赖？”顿时在房间里闹得一塌糊涂。老夫人赶来问究竟，公子扯着她的衣襟大喊大叫说：“这一个奴婢真该打，我明明梦见她，她却说没梦见我，存心欺主，这还得了！”

（清·孙樗《余墨偶谈》）

铁杵磨针

相传李白小时候很贪玩，不爱读书，不求上进。有一天，他读书读到一半，心烦意乱，又打哈欠，又伸懒腰。看看屋里没人，他就悄悄溜出门，跑到小河边捉蜻蜓。

走啊，走啊，他看见小河边蹲着一个老婆婆，手里拿着一根铁棒，在石头上一个劲儿地磨呀磨呀。

李白挺纳闷，走上前问："老婆婆，你干什么？"

老婆婆回答："磨针。"

"真的？"李白很吃惊，"这么大一根铁棒，怎能磨成针呢？"

老婆婆笑呵呵地说："小孩子，铁棒总是越磨越细，只要我下定决心，天天磨，还怕磨不成针吗？"

李白听了，若有所悟，连忙转身跑回家，翻开书本，一遍又一遍地读起来。从此，他再也不贪玩，不怕苦，发愤学习。后来，李白成了中国历史上一名伟大的诗人。

（明·陈仁锡《潜确类书》）

祛　盗

有个愚蠢的人，听说强盗已经进了门，急忙写了"各有内外"四个大字，贴在堂屋的门上；听说强盗已经进了堂屋，又赶快写了"此路不通"四个大字，贴在卧室的门上；听说强盗又来到卧室，就逃到厕所里去，强盗跟踪追迹来到厕所门前，于是他连忙关了厕所的门，并且咳嗽了几声说道：

"有人在此。"

（清·陈皋谟《笑倒》）

叉袋①

有个带着银子到集市上去籴②粮食的人，把叉袋丢了，回来对妻子说道：

“今天集上热闹得很，丢了不少好叉袋。”

妻子问道：“你是不是也把叉袋丢了？”

丈夫理直气壮地答道：“算你猜得准。丢了又怎样？”

妻子惊问道：“银子在哪里？”

丈夫满有信心地答道：

“这倒没事，我把它紧紧地拴在叉袋角上了。”

（明·浮白斋主人《笑林》）

呆县丞

有个长洲县丞名唤马信，山东人。有一天坐着船去拜见大官，大官问道：

“船停在什么地方？”

“船在河里。”

大官大怒，大声责骂道：

“真是个大草包！”

马信立即应声道：

“草包也在船里。”

（明·浮白斋主人《雅谑》）

---

①叉袋：一种装粮食的布袋或麻袋，袋口有叉角，可以打结。

②籴：买进（粮食）。

告　荒

县里遇到大旱，作物歉收。县官不顾百姓死活，日日派人下乡逼租。

一天，一个七十多岁的老农来到县衙，说是今年遭荒，要求减免一点租税。县官眼珠子一转，心想：这倒是个送上门来逼租的好机会。他就立即升堂，说要公开审讯抗租抗捐的刁民，并硬叫众百姓来观看，想来个杀一儆百。

审讯开始，县官把惊堂木重重一拍，向老农大声喝问：

“你说今年遭荒，我问你，同去年相比，麦子的收成怎么样？”

“只有去年的三成。”老农回答。

“那么棉花呢？”

“只有二成。”

“稻子呢？”

“也是二成。”

“豆子呢？”

“也只有三成。”

县官听罢，眼睛瞪得滚圆，厉声喝道：“你好大胆！这几样东西加起来，明明有十成年景，是个大丰年，你还来欺骗老爷，谎报灾荒，分明是想抗租。来人呀，用刑！”

“今年确实遭荒，”老人不动声色大喊道，“我活了一百四十多岁，还没见过这样的大荒年呢！”

“什么？”县官几乎不相信自己的耳朵，“你胡说！你哪有这么大的年纪？再敢撒谎，加重用刑！”

老农扳着手指慢慢数道：“我今年七十多岁，大儿子四十多岁，第二个儿子三十多岁，合起来不是一百四十多岁了吗？这种算法，还是你县老爷刚刚教我的呢，我怎敢撒谎！”

（舌尔《笑话》）

改　姓

某县有个县令,他的妻子姓伍,还是个名门之女。

县令到任不久,就宴请县中僚属,并请他们的夫人一同赴宴。

宴会上,县令问司礼宾的夫人:“尊姓?”回答说:“姓陆。”又问主簿的夫人:“尊姓?”回答说:“姓戚。”在旁边作陪的县令夫人一听,勃然大怒,猛然站起,袖子一挥,返身转入后堂,弄得在座各位夫人莫名其妙,面面相觑,都觉得没趣,想退席回去。

县令一看这局面不好收拾,急忙进入后堂,问夫人何故发脾气。伍夫人余怒未息,说道:“司礼宾的夫人说自己姓陆(六),主簿夫人说自己姓戚(七),她们可能知道我姓伍,就这样故意想压过我,真是欺人太甚。其他官员的夫人你不必问了,她们一定会说自己姓“八”姓“九”,岂有此理!”

县令一听也有道理,心想:自己身为一县之主,夫人的姓又怎可屈居人下,在姓氏上也该显示出威势。于是,他又把伍夫人拉到席上,复请众夫人入座。然后,他清了清嗓子,说道:“刚才各位夫人都道了尊姓,我也向各位介绍一下,”他用手指指伍夫人,“她姓‘万’。”

(舌尔《笑话》)

死也瞑目

某地有一老翁,他在临终前把四个儿子叫到身边说:“我已经不行了,但有件事还放心不下,不知你们打算怎样办我的后事?”

老大说:“爸爸做人,省吃俭用了一世,现在留下富盈家产,又是儿孙满堂,一定要像像样样办丧事。”

老翁听了,气得话都说不出来。老二接着说:

“爸爸爱惜钱财,我们当然也舍不得过分花费,还是普普通通办丧事吧!”

老翁听了也不满意,就问老三:“你的打算如何?”

老三说:“爸爸为人爱钱如命,一毛不拔,这次办丧事我们一定要办得合你的心意。我看不必买棺材,只要用草包裹裹,也不必唤人,由我们弟兄抬出去埋掉算了!”

老翁听了才感到放心。老四却抢着说:“三哥的主意还不合爸爸的为人哩!爸爸做人是到处都要捞一把,我看死了后,皮可以剥下来,肉可以腌起来,还可以卖几个铜钱呢!”

老翁听了连连说:“对,对,这样,我死也瞑目了!”

(舌尔《笑话》)

愿变你父

有一个贪婪的财主,突然大发“善心”。他对一个背了一身债的长工许下诺言:“如果你对我发誓,说出你来生愿变个什么来偿还我,那我就马上把你的欠债一笔勾销。”长工想了一想,说道:“我愿来生变成你的父亲。”财主勃然大怒,说道:“啊!你欠我那么多银子,不但不想偿还,还想讨我便宜,岂有此理!”说着就要举鞭打人。长工沉着地回答:“听我老实告诉你嘛,我欠你的债实在太多了,不是变牛变马能还得尽的,所以我情愿来生变成你的父亲,做大官,发大财,搜尽天下的金银财宝,自己不用,全部留给你享受,这不就可以还清你的宿债吗?”财主听了,不禁哑口无言。

(舌尔《笑话》)

民间逸闻

我是天子

早年，邓州城有个叫潘高的人。此人狗舌头，势利眼儿，是个当面叫哥哥、背地掏家伙的谗媚小人，整天想踩着别人往上爬。庞振坤整治过他几次，他恨之入骨。

一天晚上，庞振坤打着灯笼从他门前走过。潘高见庞振坤的灯笼上写着"我是天子"四个大字，直笑得嘴咧到脑门后。他想：该你庞振坤背时，写的反字叫我看见了；也该我走红运了，我去给州官大人一说，哼，说不定还封我个小官儿呢！潘高越想越高兴，碗里饭也顾不得吃完，就撂下碗飞奔而去。不大一会儿，四个衙役便把庞振坤抓上大堂。

州官得意忘形地说："嘿嘿，庞振坤你是望乡台上打转转儿——活过月了吧！竟敢自称天子！先把他绑了。"

"慢来！先说个一二三再绑。"庞振坤毫不示弱，笑哈哈地说。

"你自称天子，欺君犯上，这一条就够了，还说啥一二三呢？"

庞振坤说："常言说：病从口入，祸从口出。我若自称天子，是我口招是非，应该打嘴巴，头和身子分分家也好。若无凭据，大人，咱们是要黄鹭鹭垒窝——麻缠，麻缠哩！"

潘高听了这话，是怀里揣兔娃儿——"扑腾扑腾"地发毛，没等州官开腔,他一把夺过庞振坤的灯笼说:“大人,你看这四个字是啥?”州官果见灯笼上写着鸡蛋大四个字:我是天子。于是,厉声喝道:“庞振坤,人证物证俱在,你还有何话可说?”

庞振坤慢声慢气地说:“怕是大人吃的酒肉多了烧花了眼,眼皮底下吊秤砣——只见大,不见小。请你往下细看。”

州官凑近灯笼看了好一会儿,原来在“我是天子”后边还有三个小字“一小民”,字比蝇子头还小。他这才意识到自己太莽撞了。州官不好下台,就说:“你这是故弄玄虚,无事生非,按理也该治罪。你为啥把‘我是天子’写恁大,‘一小民’写恁小?”

庞振坤说:“不怨我字写得小,是你眼大,只看见天子,看不见小民。你想想,我这‘小民’咋能比上‘天子’呢?”

庞振坤一席话,说得州官张口结舌,面红过耳,满肚子憋气无处发泄,就迁怒潘高多事。他咬牙切齿地说:“来人,把潘高按倒,狠扇他嘴巴子。今后,不许你姓潘的再搬弄是非,嘴要痒了,去老枣树上蹭蹭。”

(搜集:刘祖年　张凤岗　整理:郭　力)

徐文长难倒窦太师

徐文长从小就很聪明,十多岁时学问已经相当渊博。

有一年秋试,皇帝派了一个叫窦光鼐的老太师到绍兴来主试,他为了筹备考务,提前来到绍兴。

窦太师每次游街过市,总是有一块“天下无书不读”的御赐金牌扛在前面,鸣锣喝道,耀武扬威,自以为文章压倒天下,目空一切,非常傲慢。

这天,正是盛暑季节,非常炎热。徐文长听说窦光鼐要来了,心想:把他的御赐金牌除下,给他一个下马威。主意既定,就赤膊袒腹,睡在东郭门内的官道当中。

“噹噹……”鸣锣喝道的声音越来越近。头牌执事看见一个小孩睡在官道当中,就禀告老太师:“有个小孩挡官拦道!”窦光鼐听说挡道的是小孩,他不以为意,吩咐停轿,自己出来看看。只见那拦道的小孩睡得很熟,连忙把他叫醒。徐文长故作恭敬地站在一旁，等候发落。窦太师开言问道："你睡在石板上做什么？难道不怕皮肤烫焦？"徐文长大大方方地回答说："不做什么，晒晒肚皮里的万卷书。"窦太师听他口气很大，就说："既然你喜欢读书，一定还会对课①。我有个课要你对，对不出，你应该让道回避。"徐文长立刻提出反问："如果对得准，那怎么办？"窦太师心想：一个小孩有什么了不起。就随口说："如果对得好，把全副执事停在这里，老夫步行进学宫！"

窦太师想起绍兴南街有三个阁老台门，便随口出题："南街三学士"，徐文长不假思索，回对："东郭两军门"。窦太师一听，觉得南街对东郭，文官对武将，而且这五个台门都是绍兴城内有名气的，不由得点头称赞："奇才！"这时徐文长故意问窦太师："你那块金牌上的六个大金字，作何解释？"窦太师听他问起金牌，马上得意地说："皇上晓得我天下无书不读，因此御赐这块金牌！"徐文长接着又问："那么，太师爷，你对《时宪书》总该熟读吧？"窦太师被问得目瞪口呆，暗想：不要说熟读，就连书名也没有听到过。徐文长见时机已到，把早已准备好的《时宪书》拿出来，递给窦太师说："太师没读过，学生倒会背。"说着，就朗朗地径自背诵起来，背得又流利，又纯熟。

窦太师果然也聪颖，真是过目不忘，名不虚传，等徐文长背完，他也会背了，但徐文长还能倒背，窦太师却不会。徐文长理直气壮地问："太师爷既有书未读，那么这块金牌将作何处理？"窦太师尴尬地说："那当然对我不适用了！"

窦光鼐只好实践自己的诺言，刚想举步朝学宫走去，徐文长却叫住他："启禀太师，自古中国才子算浙江，浙江才子算绍兴，绍兴处处出才子，太师要小心提防！"窦太师冷笑一声，愤然而去。

等到开考的时候，大家写好文章，收毕文卷，窦太师吩咐暂勿退场，一面抽卷阅读，好的果然很多，特别是徐文长的考卷写得更好，但是卷后却画上了徐氏祖先的灵位，窦太师借此提笔落批："父亲虽好，祭祖太早。"

---

①对课：旧时私塾常见的课程之一，也是传统语文教学的一种手段。

为了想试试绍兴才子的本领，窦太师念了一个课：“宝塔圆圆，六角八面四方。”叫大家来对。全场默然无声，大家都想不出好句。窦太师连声催促，全场只好举起一只手来摇摇。窦太师一看，没有不摇的人，连徐文长也在内。

这时候，窦太师扬扬得意，禁不住冷言相嘲：“绍兴果然多才子，对起课来变呆痴！”窦太师正想返场，徐文长突然高声喊道：“太师你弄错了，我们都已对出，而且对得很好。”窦太师一下愣住了！徐文长接下去说：“这个课我们人人从小会对，因为考场规矩森严，不能你言我语，闹成一片，只好用手摇摇作个暗号，就是对：‘玉手尖尖，五指三长两短。’不是很好吗？”窦太师经他一说，惊讶得呆若木鸡。

从此，窦光鼐进出府门，只听到鸣锣喝道的声音，再也看不到“天下无书不读”的御赐金牌了。

（搜集整理：车久珩）

劝　架

庞振坤住的村里，有两个出名的人，一个外号叫“惹不起”，一个外号叫“人人愁”。

一年夏天，正是焦麦炸豆的时候，针尖对着了麦芒，“惹不起”和“人人愁”在麦场上吵起架来。

人们知道他们难缠，跟他们说不清理，谁也不来解劝。后来他们吵着吵着就厮打开了。

不一会儿，只见“人人愁”“哎呀”一声躺倒在地，娘呀妈呀号叫起来。“惹不起”一看“人人愁”要赖要讹人，怕上了他的当，趁势也躺倒在地，哼哼唧唧装着不得了啦。

人们看见打倒了人，这才跑过来看。

“人人愁”见来了人，叫得更惨，说：“他把我打伤啦，得给我养病，拿汤药钱。”

“惹不起”见来了人，哼得更可怜，说：“他把我打得不能动啦，得找人给

我收麦、种秋,给我治病。”

两人躺在太阳地上,各说各的理,各提各的条件,谁也不让步。

这时候,两人的老婆也跑来啦,又是一阵对骂。眼看两个女人又要动手,在场的人没有办法,只好去请庞振坤来劝架。

庞振坤听说是“惹不起”和“人人愁”的事,心中就有了数,到麦场上一问一看,便有了主意。他往场中间一站,说话了:“你们都不懂事!大热天不怕把他俩晒坏了,赶紧抬到场边王老三的房山底下,让他们凉快凉快,有话慢慢说。”

“惹不起”和“人人愁”躺在场里,下蒸上晒,早已招架不住,听说往阴凉处抬,满心喜欢。但他们万万想不到要到王老三的房山底下。他们知道王老三的房山墙早就歪了,那地方是躺不得的。可他们还要装着不能动弹,又不好说拣别的阴凉处去躺,只得硬着头皮让抬了过去。

他俩看着向外歪斜的山墙，心里跳得像捣蒜。他们想：躺在这里，可要放机灵点儿，发生意外，翻身就跑，等别人来抬便晚了。

庞振坤刚坐下来，要给他们评理，突然，“呼呼啦啦”从山墙上边落下土来，围着看热闹的孩子们听见响声，一哄而散，喊着墙要倒了。“惹不起”和“人人愁”也不怠慢，忽一下爬起来，撒腿便跑。

庞振坤喊他们站住，问道：“恁俩跑得好快，伤都好了吧？”

“惹不起”和“人人愁”没话可说，都看着山墙发愣：哗哗往下掉土，咋没倒哩？

庞振坤说：“房子没长歪心眼儿，不会骗人。恁俩也别装孬骗人啦，干活儿去吧。”

原来房子上落下来的土是庞振坤让人撒的。

（讲述：李洪林　搜集整理：张楚北）

胡乱锯

有一个秀才，没有多少真才实学，可偏偏爱到处乱讲一气，真是见树不说踩三脚。他谈历史，总是东扯葫芦西扯瓢，驴头扯到马胯上。但听的人只能说讲得好，不能说讲得坏；谁要说讲得坏，他就和你大吵大闹。因为他有这个毛病，所以，人们一见他都赶紧躲起来。

有一次，庞振坤在屋里看书，秀才见了凑上去，刚到跟前，就讲起三国故事来。他头上一句，脚下一句，说得一嘴白沫也不停。庞振坤听得心烦，起身要走，又被秀才拉住了。庞振坤走不开，就对秀才说：“你不叫走，你先歇歇，让我给你讲个笑话。”秀才答应了。原来躲着的人们一听说庞振坤要讲故事，也都围了上来。庞振坤便慢悠悠地讲起来了：

“从前，有个木匠出门做活儿，到很晚才回家。走到半路上，被几个鬼缠住了。木匠把锛一举说：‘快走开，不然，我用锛锛你们。’几个小鬼一齐说道：‘不怕。’木匠又把斧头一举说道：‘快走开，不然，我用斧头砍你们。’几个小鬼又一齐说道：‘不怕。’木匠把锯一举说：‘快走开，不然，我用锯锯你们。先把你们的头锯掉，再把你们的脚锯掉。’几个小鬼听了，都吓得急忙跪下说:'你可别这样,我们不怕你砍不怕你锛,就怕你头上一锯(句),脚下一锯(句),胡乱地锯呀。'"

周围的人们,听完都哈哈大笑起来,那秀才红着脸走了。

(搜集:张书泽　整理:刘平均)

两句状

有一个寡妇六十多岁了,有两个儿子,大儿子在家种地,二儿子当了和尚。后来,大儿子不幸去世,撇下寡妇老妈无人照看,实在可怜得很。这老婆儿有心让二儿子还俗回来养活自己,就去找那当家和尚求告,好话说有两大车,那老和尚硬是不答应,说:"你儿子既然出家,就不能还俗了,这是出家人的规矩。"

这老婆儿为了这事儿眼泪哭了有几桶,最后,实在没有办法了,就到衙门去告状。告了一回又一回,当官的硬说要按佛家的规矩办事,这老婆儿的官司就打输了。后来,别人就叫这老婆儿去找庞振坤想办法。庞振坤非常同情这个孤寡老婆儿,就替她写了一张状纸:

和尚有再收之徒,寡妇无再生之子。

这老婆儿虽说不识字,但一看这状纸上就这十几个字,心里就凉了半截。以往那状纸写了满满几大张都不行,这几个字咋能行呢?有心不告吧,儿子回不来,谁养活自己?去告吧,又怕白跑腿。旁人对她说:"胶多不粘,糖多不甜,盐多不咸。莫看字少,可胡椒虽小辣人心,秤锤虽小压千斤。人家庞振坤是有名的才子,字少定有字少的妙处,你还是去试试吧。"

这老婆儿来到县衙,递上状纸,县官看了,一品味,觉得这两句话说得入情入理,越想道理越明。当堂传来那和尚,叫他放这老婆儿的儿子回家,再收一个徒弟。

(讲述:阎冠三　搜集整理:郭　力)

一肚子青菜屎

有一个阔公子，本来什么都不懂，可他说起话来，偏偏文里文气的，以为这样，才能显示出学问大。一天，阔公子碰见了庞振坤，指手画脚、摇头晃脑地说：“请贵先生讲段故事，不亦乐乎！”

庞振坤点了点头，吐了口唾沫，讲了起来：“有一只喜鹊搭了个窝，斑鸠要去卧，喜鹊不让卧，两个便打起来了，从树上滚到了地上。芝麻虫爬过来说：‘别打了，别打了，我来给你们评评理。’喜鹊和斑鸠各说各有理，芝麻虫听后说：‘一鹊做穴，千鸟可卧。’喜鹊一听，走上前去，用尖嘴叼起芝麻虫，使劲往地上一摔，芝麻虫被摔得稀烂。喜鹊气狠狠地说：‘一肚子青菜屎，还文气啥哩！’”

庞振坤刚讲完，阔公子赶紧溜了。

（搜集：张书泽　整理：刘平均）

买鸡蛋

有个“生意精”，常来庞振坤住的村里收鸡蛋。他总是老的欺少的哄，压秤又压价。庞振坤看他太不像话，就说：“城有城里价，乡有乡里价，买卖公平，你不能欺老哄少。”“生意精”说：“做生意是一个愿卖一个愿买，两方情愿就行。”庞振坤听了更生气：“价钱不公道，小心你破财。”“生意精”听了满不在乎，心想：这人说话怪冒失。随口答道：“做生意不坑人就不会发财。”庞振坤不再理他，要找个机会治治他。

一天下了雨，庞振坤到城里茶馆喝茶。恰好遇上“生意精”蹲在茶馆门口卖鸡蛋。他看旁边还立着个石磙，心里有了门道，上前对“生意精”说：“鸡蛋咋卖的？”“生意精”答道：“城里老价钱，一个钱仨。”茶馆里人听了都说太贵了，一个钱四个才公道。庞振坤说：“啥贵贱，我等着走亲戚。”说着就去挑鸡蛋。庞振坤空着两手没拿东西，地上又都是泥，鸡蛋没处放，庞振坤就把鸡蛋挑挑放在石磙上。石磙上面只有藕叶那么大，又很光，鸡蛋放上去直往下滚,“生意精”赶紧用胳膊圈住。庞振坤挑了一百个,不挑了;“生意精”劝他再挑一些,庞振坤又挑了五十个,把一个石礅上面堆得再也不能放下一个了,“生意精”用胳膊抱,胸脯挡,一动也不能动。庞振坤拍拍

手说:“你别动,打碎了可算你的。我去对门找个筐就来,要是耽误的时间长一点儿,说明有客缠住了,你喊一声,我好脱身,我叫‘狗娃儿’。”“生意精”想着一百五十个鸡蛋卖了好价钱,心里美滋滋的,连连说:“行,行,你去吧。”

庞振坤钻进对门的巷道,一去就是老半天。“生意精”胳膊也困了,腿也酸了,头上也急出了汗,一动也不敢动,要多难受有多难受。最后他再也等不下去了,就扯着声喊:“狗娃儿,狗娃儿……”这一喊不大紧,从巷道里蹿出几只大狗来。狗见“生意精”撅着屁股弯着腰,汪汪叫着往上扑,吓得“生意精”拔腿就往茶馆里钻。他刚一动身,鸡蛋从石礅上呼呼拉拉往下滚,只见“啪嚓”一声,“啪嚓”一声,一百五十个鸡蛋变成了一摊黄汤子。

正在这时,庞振坤从巷道里抳个筐走出来,见了“生意精”先埋怨道:“你老兄,真太没耐性。”“生意精”恼了,上前叫道:“你这家伙儿,真不是好东西,专门整治人。”庞振坤回道:“你嘴放干净点儿,做生意是一个愿卖,一

个愿买，两方情愿就行。这是你说过的话。这回咱俩也是周瑜打黄盖——一个愿打，一个愿挨，你能埋怨谁?”“生意精”听了一细看，见是在乡里辩过嘴的那个人，知道是在故意给他上劲儿，但又干生气没啥说，白白赔了一百多个鸡蛋，又受了半天劳役。

（讲述：史明祯　搜集：杜振学　整理：刘平均）

画　扇

有一次，唐伯虎坐船游玩，没事就坐在船后跟船老板闲谈。船老板不认识唐伯虎，唐伯虎也不认识船老板。船老板有把白纸扇子，两面都是白的。一会儿扇一扇，过一会儿又扇一扇。唐伯虎看中了，想在扇上作画，于是对船老板说：

“老板，你这把白纸扇子蛮好噢!”

“嗳！蛮好!”

船老板一边说，一边又把扇子摊在眼前看了看。

唐伯虎说：

“上面要有一点儿画就更相宜了。”

船老板一想，有道理：

“公子，你会画吗?”

唐伯虎说：

“会一点儿!”

船老板巴不得，说：

“请公子在上面画一点儿好吗?”

说着就把扇子送到唐伯虎面前，这正合唐伯虎的意。

唐伯虎说：

“好!”

唐伯虎接过扇子，打开书包，拿起笔，在想画什么。这时刚好从头顶上飞过几只麻雀，就画麻雀。画好了，看上去不清楚，就像个黑墨团儿，一共画了七只，一只一个神态。船老板一看，哪知道，就是画了七只麻雀，很不快意，嘴里就说出来了：

“你这公子，不会画就不要逞能替人家画。你看，一把好好的白纸扇子都给你画坏了！”

唐伯虎说：

“噢！老板，你看画得不好吗？”

“嗯！”

“不要紧，你看不好，我替你拿掉好了。”

“你能拿掉，就替我拿掉好了。”

唐伯虎把笔一搁，用个中指推着黑墨团儿，慢慢地向边上趑，一趑，趑到边上，用力一掸，呼噜——一只麻雀落在水里，扑……扑……扑……飞上天了。

又推着一个黑墨团儿，慢慢地向边上趑，一趑，趑到边上，用力一掸，呼噜——一只麻雀落在水里，扑……扑……扑……又飞上天了。

这样，七只麻雀，掸掉了六只，唐伯虎又要推第七只了。船老板晓得是个宝贝，忙说：

“公子，还有一只不要掸了，还有一只不要掸了。”

说着就伸过手把扇子抢了过去。一看，上面还有一只看上去是个黑墨团儿，实际就是只麻雀，真像个活的。船老板又求唐伯虎：

“公子，请你再画一只！”

唐伯虎说：

“我的笔只能画一次，画第二次就不灵了。”

（搜集整理：欧阳网锁）

画　虎

一天晚上，唐伯虎到一家山村客栈投宿。睡到半夜，忽然听到老板和他老婆哭哭啼啼的。唐伯虎听了实在心酸，就起来问老板：“你们夫妻俩深更半夜啼哭，有什么苦楚？”老板把房门一开，愁眉苦脸地说：“不瞒你相公说，小店旁边驻扎了军营，当兵的天天来吃喝吵闹，吃酒不给钱，吓得老百姓都不敢上门。我们做小本生意的，赚得起亏不起，想想往后的日子，就难过了起来！”唐伯虎一听，呵，原来是这么一回事。他想了一想，说：“不要烦，我有一个办法，管叫那些吃白大①的当兵的不敢上门。”唐伯虎说完，走

到店堂里的一张桌子旁，拂开一张白纸，画了一只吊睛白额的猛虎，可威风呢！他叫老板把画挂在大门口柳树上。老板也不晓得什么意思，就照唐伯虎的话办了。过了一天，那些吃白大的当兵的又来了。离店很远，就看见一只吊睛白额的大老虎蹲在门口，吓得转身就溜，鬼叫着：“老虎来啦，老虎来啦！”说来也奇怪，这画上老虎见到老百姓来店，却非常乖，给人一看是幅画；见到吃白大的当兵的就威风抖擞起来。什么道理呢？原来唐伯虎在画的虎眼上点了三个小字：“见兵威”。

（搜集整理：陈　静）

①吃白大：白吃不给钱。

一语破布案

清朝时，邓州西南大王庄有个正直的老农民，叫王忠义。一次，他生了病，无钱买药，就向邻居借了一匹白布，想进城把布卖了，好去买药。王忠义把布搭在驴背上，自己骑着毛驴。走到三里桥时，忽听有人喊道："积福行善的行路君爷，可怜我这苦命人，让我搭搭牲口进城吧！"王忠义见这人是个算命瞎子，就把他扶上驴背，自己牵着毛驴在前边走，上坡下坡过沟，总要嘱咐瞎子坐好。

来到城里十字街，瞎子下驴的时候捎带把那匹白布抱在怀中。王忠义伸手去要布，可那瞎子却死抱着白布，大喊大叫起来："哎哟，我骑了他一会儿牲口，他就说我的布是他的，过路君爷做个主，可怜我这没眼人哪！"瞎子这么一喊，人群围拥上来，一下子把他俩围个不透风。王忠义对这变故，又惊异，又气愤，指着瞎子说："我给你行了好，你却过河拆桥，骑了我的驴，又要讹我的布！"瞎子拍着胸脯说："我就骑了几里路，你就要我这一匹布；我要骑你的驴绕邓州一圈儿，我还得搭上万贯家产不成！"两个人一来二去，争执不下。

这时，正在街上闲逛的州官看到了，就过来问瞎子："这一盲人，你说这布是你的，有何凭证？"瞎子应道："大人，我这布一共三丈二尺长，一尺半宽的面。"州官令人把布展开丈量，果然不错。原来，瞎子骑驴时，已经暗暗用手摸着布量了一遍。州官又问王忠义有何证据，王答这是借邻家的布，卖了看病用的，不曾量过。州官听了大喝一声："来人，把老头给我拿下，重打四十。"王忠义气得高喊冤枉，瞎子揣着布暗自欢喜。

站在人群中的庞振坤，把这情景看得清清楚楚。他看瞎子有些鬼鬼祟祟，不像好人，而王忠义却忠厚诚朴，是个老实人，十有八九是冤枉了。于是眼珠儿一转，高声说道："哎呀，这块蓝布染得可真好啊！"瞎子忙说："俺孩子他舅是个染匠，还能染不好！"州官一听，猛然醒悟，立时红脖子涨脸，急忙令人放了王忠义，反将瞎子拿了，重重打了四十大板。

（搜集整理：赵春良）

卖　画

有一年，庞振坤和一位卖字画的朋友到汉口去。那卖字画的朋友刚把字画挂起来，偏偏遇着汉口的水陆提督来选字画。这提督尖酸刻薄，神仙见了也发愁，他光夸字画好，就是不肯花钱。他把几张好字画全选走，却只给了几个铜板。卖字画的干生气没法说。庞振坤暗暗骂道："真是阎王爷不嫌鬼瘦，恁大个官儿还这样吝啬。看老子治你！"

回到店里，他叫卖字画的朋友画了几幅月夜图。除了月亮圆缺不同外，别的景色一模一样，丝毫不差。画好以后，用烟熏了熏，叫人一看，很像一幅古董画。他把朋友安置在别的客店里，自己住到提督府附近的一个小店里。他随着月亮的变化，挂各种月夜图，叫人一看，好像这些图会随月亮变化。于是，人们便传开了："某某店里有位客人，有张月夜图能随月亮圆缺变样，一定是张宝画。"

这事被提督听到了，便亲自去看了几次，也信以为真。恁好的画，是无价宝啊，上哪儿去买？他眼红了，就把庞振坤请到府上，酒宴相待，死缠活缠要买这张画。两个人一番又一番地讨价还价，最后，那提督咬牙出一千两银子买去了一张下弦月图。那张下弦月图在提督府从初一挂到十五，又从十五挂到三十，一点儿也没变化。提督这才知道上了当，待捉拿庞振坤时，人早已走得无影无踪了。

（讲述：刘西凡　搜集整理：郭　力）

卖　河

绍兴有句古语，叫做"山阴勿管，会稽勿收"。这句古语从何而来的呢？原来绍兴在古时候分为山阴、会稽两个县，两县紧紧相连，中间只隔一条小河，河上横架一座"利济桥"，宽阔平坦，素来是两县的交通要道。一年夏天，"利济桥"上发现了一具无名尸体，附近的居民就报告官府。谁知两县官都推说不是他们管辖，你推他赖，迟迟不来验看收尸。日子久了臭气冲天，往来百姓个个敢怒而不敢言。

这件事情恰巧被徐文长知道了，一时出于义愤，马上用大幅红纸写了几张“招赁”，张贴在“利济桥”畔。“啊？哈哈……徐文长出卖分界河了！……”这张奇怪的“招赁”贴出后，霎时轰动全城。有的人看了“招赁”，暗暗为徐文长捏一把冷汗说：“徐文长好大的胆子！”也有的人知道徐文长素有文理，但一时对这“招赁”也摸不着头脑，满城议论纷纷，等着看这场热闹。

徐文长贴“招赁”卖河的新闻，立即传到了两个县官耳中，一想，事情不妙，于是不约而同地来到“利济桥”，下轿读了“招赁”，不禁勃然大怒：“大胆徐文长，竟敢出卖县河！”急忙喝令衙役赶快把他拿来问罪。这时看热闹的真是人山人海，谁料徐文长不慌不忙地从人群中走了出来，从容地说：“不劳两位大人费心，生员早就在此等候多时了。‘利济桥’既不属两位大人管辖，那么桥下河水，当然也不能称为官河。徐某见桥上暴尸发臭，山阴不管，会稽不收。无非为了地方公益，代为‘招赁’卖河，筹措丧葬费用，何罪之有？”

徐文长一席话，句句在理，无可辩驳，使得两位县官张口结舌，无言可对。正待发作，只见四周百姓个个为徐文长义愤不平，只得推托说：“本县忙于公务，一时来迟，多劳徐先生了……”说着忙喝令地保收殓，红着脸匆匆上轿而去。

两位县官的那副尴尬相，惹得人人捧腹大笑，都赞扬徐文长为大家办了好事。

（搜集整理：谢德铣　车久珩）

喝酒吃肉

庞振坤有个朋友，是个老抠，谁到他家想吃顿好饭，喝点儿酒，那算是大白天睡瞌睡——白日做梦。庞振坤想破一下他的老规矩。

一天，他拎个糖包，骑着毛驴，到老抠朋友家做客。朋友一见庞振坤来了，很高兴，说了一大堆寒暄话，接到屋里，泡上茶，递过烟袋，就叫老婆去做饭。

庞振坤知道朋友酿了两缸黄酒，已经能喝了，可是只见朋友的老婆做饭，不见筛酒。他猜着又是舍不得叫喝酒。他看着放在墙角的酒缸，想给朋友提醒提醒。他和朋友边喝茶吸烟，边说东道西起来了。庞振坤对朋友说：“今年秋里，风调雨顺，五谷丰登，庄稼长得真好。”朋友说：“是比往年都好，你家棉花、芝麻收多少？”“咱先不说这卖钱的。”“对，对，先说那好吃的，你家包谷、豆子打多少？”“咱们也先不说这，咱先说那红薯。”“红薯长多大？”“咱先不说那红薯有多大，你先猜猜那红薯秧有多长？”“多长？”“一丈长。”庞振坤站起来，一边走着比画，一边说：“从这儿一直到你这酒缸旁。”说着把酒缸使劲儿地拍了几下。朋友明白了庞振坤绕弯转圈，是为了要酒喝，就说：“你来我都想给你筛酒喝，可又一想，酒还不多熟，所以也没叫你嫂子筛。”庞振坤接上说：“咱俩相好这么长时候了，你咋忘了我就喜欢喝那稍微生一点儿的酒。”朋友没话说了，只好让老婆赶快筛酒、炒菜。

酒菜一端上来，只有一个素菜。朋友怕庞振坤再转弯要肉吃，先开了腔：“庞贤弟来了，也不先打个招呼，今晌午连肉都来不及去割。”庞振坤笑着说：“酒肉、酒肉，有酒没肉不好下。”说完跑到厨房里，伸手抓过菜刀，挽起袖子，走到驴跟前要杀驴。朋友一见，急忙上前拦住说：“庞贤弟，你干啥？”“杀驴下酒啊。”“杀了驴你走时骑啥？”“后半晌我走时，你不会把你养的老公鸡借给我骑骑。”朋友脸红了，很不好意思地说：“不是我舍不得一个毛公鸡，你不知道，咱养了一大群鸡，只有一个公鸡，杀了没有叫鸣的。”“我就不爱吃公鸡肉，光想吃老母鸡肉。”朋友又没话说了，只得割心割肝地杀了一只老母鸡，给庞振坤下酒。

（搜集：唐海操　整理：刘平均）

医　心　病

庞振坤有个朋友叫王石头，这个人大门不出。有一次庞振坤劝朋友进城开开眼界，王石头高兴地答应了。他俩一起来到邓州城里，首先就去看塔。

“邓州有个塔，离天一丈八。”这个民谣邓州的大人小孩都知道，可是乡下人真见过塔的不多。王石头第一次见到塔，非常惊奇。他抬头望望高高的砖塔，又看看塔周围的住房，心里忽然想到：塔倒了砸坏房子砸死人咋办？王石头从城里回来，心里早晚放不下这件事。没过几天，忧虑得害了病，卧床不起。他睡在床上成天念叨着：塔倒了可咋办？塔倒了可咋办？

王石头的老婆请了好些大夫给丈夫治病，可是，不论怎样吃药调治，病还是越来越重。有一天，王石头问他老婆：“我死后，你咋办？”他老婆不高兴他说丧气话，没好气地说：“你死了，我嫁给‘老姜’。”在邓州方言里，“老姜”不指任何人。可是说者无心，听者有意。王石头想起邻村有个光棍叫老江，还和自己吵过嘴，自己死后，老婆要嫁给老江真叫人生气，想来想去，更加忧虑，病越来越厉害，整天眼都不睁。他老婆熬煎得没门儿，就去找庞振坤给想想办法。

庞振坤听王石头老婆细说一遍，知道朋友害的是心病，吃药是不行的。眉头一皱，心中便有了主意，安慰王石头老婆几句，让她先回去，随后就去看望朋友。

庞振坤到街上买了一小捆火纸，慌慌张张来到王石头床前，大声说：“嘿嘿，十来天没见你咋病成这个样子？”王石头一听庞振坤说话，睁开了眼，看见了火纸，就生气地说：“我还没死，你今儿个可拿着火纸来给我吊孝，多亏你还识文断字。”庞振坤听后，看了看手中拎的火纸，装着恍然大悟似的说：“看我慌的，怎么把给后庄老江吊孝的纸拎到屋里来了。”王石头一听说老江死了，忙问：“老江死了！他好好的咋会死了？”庞振坤说：“你还不知道？昨天老江进城看塔，塔倒了把他砸死啦。”王石头一听，一骨碌坐起来，急忙问：“砸住房子了没有？”庞振坤不慌不忙地说：“倒在空地里，没砸住房子，就是老江不巧走到跟前，把他砸死了。”王石头听后长出了一口气说：“这算罢了。”从此，王石头也不吃药了，病很快就好了。

（讲述：刘秀亭　杨中太　整理：刘平均）

为船家作诗

一天，庞振坤来到湍河渡口搭船过河。船老板认识他，笑着说："听说你是个秀才，能出口成章，就请你给我作首诗吧。你知道，我是个大老粗，作的诗要我听得懂为好。做得好，我就渡你过河。"

庞振坤点点头说："好吧。以什么为题目呢？"船老板指着城内高高的隋塔说："就以这塔为题。"庞振坤望了望塔，沉吟了一下，随即念道：

好大一个昧地橛，
攮进青天大半截。
若非女娲将天补，
窟窿掉下老天爷。

船老板听了，哈哈大笑说："好诗！好诗！快快上船。"

（讲述：孙维民　搜集整理：郭　力）

恶老道与大槐树

很早以前，邙山上有一座道观，道观里有个老道士。这老道士霸占良田，欺压妇女，作恶多端，周围百姓怨声载道，背地里都咒他。可是，这老道士却越活越年轻，六七十岁了还是满面红光。道观门口有棵槐树，长得又大又粗，枝叶像把大伞。附近的群众常到树下乘凉休息。可是，这棵槐树突然烂开了根。大家都为大槐树鸣不平，说："好树不长久，祸害延百年。"祸害，当然是指那恶老道士了。

这事被吕洞宾知道了，便来察访。一天中午，日照当头，吕洞宾变成叫花子模样，穿一身烂衣裳，背着破布袋和铁锅走到这儿。他叩开道观门，要进道观里休息。老道士闻声出来，见此人破衣烂衫、蓬头垢面，皱了皱眉说："道院是清净之地，俗人不能随便进去！"吕洞宾还想说点什么，他恶狠狠地把吕洞宾推了出去。吕洞宾一看，这老道士果然心地不善，欺贫爱富，决心要惩治他。

道观门口大槐树阴地大，吕洞宾坐到树底下歇凉。这时过路人又在咒骂老道士，并为槐树叹息。吕洞宾看看树干，确实已经蚀空了。他想：大槐树长年给行人遮风挡雨，百姓需要它，不能让它死；老道士作恶多端，不能让他再祸害人。不过，在他临死前，考验他一下，再给他一个机会。

于是，吕洞宾就地支起铁锅，煮了一锅红枣，又敲开道观门，请老道士一块儿吃。老道士嫌枣子脏，以为这个叫花子在戏弄自己，就把他骂了一顿，拂袖而去。吕洞宾叹了口气，自己把枣子吃完了，然后把枣汤浇到槐树根上，又顺手捡了块西瓜皮，在地上写道：

大槐烂根真可惜，
坏人长寿太稀奇。
恶贯满盈该逝去，
老树理应发新枝。

写完，又在下面落个“吕”字，然后就不见了。

老道士出门看见诗句，知道来人便是吕洞宾，心里叫苦不迭。过不几天，老道士突然得暴病死了，而那棵大槐树却有了转机，长满了新枝。

搜集整理：姜　弘

板上晒冬瓜

从前，有四个读书人，一大清早到酒楼上去饮酒吟诗。忽然望见街上来了一大群人，原来是个和尚犯了罪，被官府判决，给他戴上了木枷，押到街上游街示众。他们决定每人吟一句，联成题目叫《和尚担枷》的一首诗。

第一个吟：“削发还犯法？”“发”与“法”谐音，又很合衬，大家都拍掌叫好。

第二个想了想，说：“‘出家还戴枷’行吗？”大家都说：“妙啊，妙啊，‘家’和‘枷’谐音，又和上一句对偶。好句！”

第三个平日只会骗父母的钱来花，读书不多，满肚草，哪会吟诗？如今轮到他，又不能不吟，急得他猛抓头皮，忽然看见刚刚升起的太阳，就勉强应付一句，说：“日出东山上。”

第四个暗暗叫苦:“糟！糟！糟!”原来第三句转得离谱,离题万丈。第四句要来个兜转,就非常困难了。幸亏他想了一会儿,想出一个能够综合上面三句的句子,高兴地说:“板上晒冬瓜!”大家都猛拍手掌,一齐叫:“好,还是这句最好!”

你想,为什么“还是这句最好”呢？原来“板上”是指那块和尚戴在颈上的木枷,“冬瓜”指的是那个光秃秃的和尚头。

(讲述:李颖川　整理:王鉴波)

傻女趣闻

懒婆娘算卦

有个懒婆娘去赶集,见个算卦先生,就叫给她算卦。算卦先生见她打扮得很花哨,嘴唇上还粘着个瓜子皮,就知道她是个好吃懒做的女人,掐着指头说:“你大腿痒朝上挖,头皮痒往下抓。你家的猪朝前拱,你家的鸡子往后扒。”懒婆娘说:“对对,你算得一点儿不假!”算卦先生又说:“回去可别把你算卦的事对你丈夫说,要不你会挨巴掌。”

懒婆娘回到家,见鸡子在粪坑扒着找食儿,见猪用嘴拱地,想起算卦先生算得准,忍不住把算卦的事给丈夫说了。丈夫一听火啦:“你这个懒女人,就会胡糟蹋钱!”说着劈脸一巴掌。懒婆娘摸着脸说:“那算卦先生算得真灵,连这一巴掌也算出来啦!”

(讲述:史玉峰　采录:史建民)

懒　妇

有个妇人很懒惰,每天饭食,日常杂务,都是丈夫操持,她只知衣来伸

手,饭来张口。有一天,丈夫将要出远门,五天才能回来,恐怕她挨饿,就烙了张大饼,套在妇人的脖子上,作为五天的饭食,于是放心出门而去。

等到丈夫回来,妇人已经饿死三天了。当走进房中一看,把丈夫吓了一跳。脖子上的烙饼,只将脸前离嘴近的地方吃了一个缺口,其余的依然没动。

(清·游戏主人《笑林广记》)

笨婆娘煮葫芦

有个笨婆娘从菜园里摘回来个茄子,一刀切两半,放锅里煮开了。晌午,丈夫收工回来吃饭,她把切开的茄子一人一半盛到两碗里。丈夫见她这样吃茄子,抓住她打了一顿。

第二天,笨婆娘摘了个葫芦,囫囵个儿放锅里煮起来。丈夫回来吃饭哩,笨婆娘把葫芦盛到碗里端给他。丈夫想想这样笨的老婆拿她真没办法,苦笑了一下。笨婆娘见丈夫一笑,来了气:“龟孙,就知道你吃惯了独食儿。昨儿个煮的茄子一人一半,你把我打一顿;今儿个囫囵葫芦盛给你,你喜欢啦!”

(讲述:张勋典　采录:张松堂)

搽　粉

有个妇人问她男人说:“你咋一见我就烦哩?”她男人说:“看你那脸黑得像锅底,我咋不烦哩?”她埋怨她男人说:“都怪你不给我买粉搽。”

这天,她男人给她买了一盒粉。她一次就把这盒粉全搽到了脸上,弄得连鼻子眼儿都看不清了。她男人一见吓了一跳:“哎哟,我的妈呀!”她一听笑了:“看把你高兴的!我才搽一盒粉你就叫妈,我要是搽两盒粉你还叫我奶奶哩!”

(讲述:李天顺　采录:张长宏)

黄 蛤 蟆

豫西黄家庄有个农民叫黄蛤蟆，娶了一个媳妇叫白仙娥。白仙娥好吃懒做不愿劳动，丈夫下地干活，她在家装病睡觉，还时常偷偷做点好的吃。世上没有不透风的墙，白仙娥偷吃的事被邻居知道了，很快便传到黄蛤蟆耳朵里。

这一天，黄蛤蟆去南坡锄地，走到半路，忽然想起邻居传给他的话，便想证实一下。他把锄头藏在路边的草窝里，然后回到家，悄悄爬到门前的大树上。约莫到了半晌，一股炊烟在房顶缭绕飘起，接着，炒鸡蛋的油香味扑鼻而来。过了一会儿，白仙娥端碗鸡蛋捞面条，走出厨房，在院里石头上坐下，大口大口地吃起来。吃罢，白仙娥抬头看了看天，然后进屋和面、点火，烙了几个黄面饼子。当白仙娥装好饼子准备出门时，黄蛤蟆赶紧溜下树，抄小路飞奔到南坡，在路边草窝里取出锄头，往地上一放，头枕锄把，假装睡起觉来。

白仙娥来到地里，见丈夫在睡觉，走到他身边，放下篮子，推了推丈夫："喂！起来吃饭吧。"

黄蛤蟆坐起来，伸伸懒腰，打了个哈欠。媳妇正要拿干粮，黄蛤蟆连忙拦住说："刚才我做了个梦，给你说说，验验梦得准不准。"

于是，黄蛤蟆绘声绘色地说起梦来："今天，我一到地里，觉得乏困，躺下就睡着了。梦见一位白发童颜的老人，手拄拐杖，站在我面前说，黄蛤蟆呀，黄蛤蟆，你媳妇在家装病吃鸡蛋捞面，你在田间锄地，吃黄面饼子。老人刚说到这，忽听有人唤我吃饭，我就醒了。你把篮子打开让我看看，验验我的梦准不准？"

白仙娥听了信以为真，战战兢兢地说："准、准，今天我在家吃的是鸡蛋捞面条，给你做的是黄面饼，以后我再也不这样做啦。请你原谅我吧。"

从那以后，白仙娥再也不敢偷懒耍奸了。

这天，她把丈夫做梦的事对娘家爹说了。凑巧，娘家养的一头猪丢了，娘家爹让闺女请女婿来梦猪。黄蛤蟆知道后作了难，本想不去，无奈媳妇在旁边催得紧，只好换一身干净衣服来到老丈人家。

老丈人一见黄蛤蟆，赶紧问："贤婿，你几时入梦？"黄蛤蟆只好顺水推舟说："二更后入梦，请岳丈告诉家里人夜里不要走动，扰乱梦境就不准了。"

等老丈人和家里人走后，黄蛤蟆在床上，仰面朝天，心里盘算：一头大肥猪，在圈里圈着，不可能被人偷去，许是跳圈跑了，我干脆夜里去找吧。于是，三更过后，他溜出大门，走到村口，把耳朵贴在地上，隐隐约约听到有猪叫的声音，他站起身，循声找去。约莫走了一里路，在一个五六尺深的土坑里，看见一个黑糊糊的东西，仔细一辨认，果然是一头猪。那猪在坑里乱拱一气，嘴里哼唧哼唧叫个不停。黄蛤蟆心里一块石头落了地。他记下了土坑的位置，悄悄地返回屋里睡觉去了。

天亮了，老丈人急忙来到客屋，见女婿在穿衣服，忙问："贤婿，梦到了没有？""梦到了，梦到了，"黄蛤蟆说，"在村北一里多地的土坑里。"

老丈人领着两个儿子，拿着绳子来到村北土坑一看，果然是自家的猪。"哎呀，我的命根！"老头子高兴得差点跳起来，忙叫两个儿子下到坑里把猪绑好,抬上来,赶回了家。一家老少都很高兴,不住地夸奖黄蛤蟆:“梦得准!梦得准!”

黄蛤蟆梦猪的事,一传十、十传百,很快传到了京城。

这一天,皇帝正在宫里发闷,亲信太监奏道:“启禀我主,据传,黄家庄有个黄蛤蟆,梦事如神,何不将此人招进宫来,试他一试,以博我主一乐。”皇帝一听,拍案叫好:“爱卿传旨,召黄蛤蟆上殿!”

皇帝一道圣旨,把黄蛤蟆召进皇宫。皇宫里金碧辉煌,金殿上朝臣侍立,宫娥彩女排在两旁。黄蛤蟆惶恐地跪在那里,半天不敢抬头。皇帝问:“黄蛤蟆,听说你梦事如神,可是事实?”“回禀万岁,此事都是误传,小民没有那种本事。”“今日请你当场做梦,梦得好,我赐你高官厚禄,梦不准嘛——就是欺君之罪,理当斩首示众!”

黄蛤蟆听到斩首示众,惊恐万分,半天没有说出一句话来。停了一会儿,他硬着头皮问道:“禀万岁,让我梦什么呢?”

“你梦一梦那龙案上玉碗下所盖之物。”

黄蛤蟆向龙案上一看,只见一只玉碗扣在那里,闪闪发亮。黄蛤蟆心里暗暗叫苦,眯起眼睛在那儿想开了:看来,我黄蛤蟆是死到临头了,鬼知道玉碗底下扣的什么东西!他怨恨自已,当初不该编梦话骗妻子,如今后悔也晚了。怎么办呢?他一着急,站了起来,大声嚷道:“可憋死我啦,黄蛤蟆——”话还没说完,就被皇帝打断了:“憋不死,憋不死,那是一只金蛤蟆。”

小太监迅速掀开玉碗,一只黄金铸的蛤蟆蹲在龙案上。刹时间,掌声雷动,呼声震天。“梦得好!梦得好!”金殿上一片喝彩声。

(搜集整理:姚友爱)

土地爷看供

某处一妇女,夜梦一巨星落在她的身上,数日后身怀有孕,后生下一子,以为其出身不凡,益加溺爱,并时常夸口于人前,赞其子之贵。后抱子回娘家,途经一土地庙,土地神一见忙起身而立,待其走远方坐下。后屡经庙前,土地神均慌忙站起。妇人以为土地神是为其子而立,内心十分高兴;但觉得土地神如此恭敬有点不好意思,便抱其子跪在土地神面前说道:"土地神,这孩子是巨星下凡,但还不满周岁,小小年纪,也不劳你老人家如此敬意。"土地神站起"哼"了一声嚷道:"俺是怕你孩子偷了俺的供!"

(搜集整理:李金生)

两碗和三碗

某员外有个傻闺女,临出嫁前,她娘交代说:"到了婆家,要看碗吃饭,大碗你就吃上两碗,小碗你就吃上三碗,千万不可多吃。"闺女点头称是。出嫁后的第二天,闺女捧着个大肚子痛苦地喊叫着来到了她的娘家,她娘大吃一惊,忙问:"你怎么了?"闺女哭着说:"吃饭撑的!"她娘说:"你就不会少吃点。"闺女说:"我一口也没多吃。按你说的,大碗吃了两碗,小碗吃了三碗,一共才吃了五碗!"她娘听完气得昏倒在了地上。

(搜集整理:李金生)

贪吃媳妇

从前,有个媳妇,每逢丈夫不在家时,就要偷偷地买东西吃,卖烧饼、油条的人下乡总要先来到她门前叫喊。她怕别人说她是个贪吃媳妇,就对卖烧饼的人说:"我家后墙根儿有棵椿树,以后你再来了 ,就转到俺后墙外,我摇几下树,你就往家丢几个烧饼,你记下账,以后我给你一次算账。"卖烧饼的就照她说的法儿办了。有一次,家里来了客人,将牲口拴到这棵椿树上。一会儿卖烧饼的来了,只见椿树一直在晃动,他就一直往里扔烧饼,整整一筐全投进了院里,树还在晃动,卖烧饼的觉得奇怪,攀墙一看,原来是一头驴。

(搜集整理:李金生)

巧女趣事

巧 媳 妇

从前有个很聪明的人，名叫张古老。他一共有四个儿子，老大、老二和老三，都已经娶了媳妇，只有老四还是条光棍。兄弟们没有分家，由张古老带着在一起过日子。

说也奇怪，这三兄弟都生得呆头呆脑，一点儿也不像他们的老子；娶进来的这三个媳妇，也是半斤配八两，心里都不大灵活。一家子人没有一个讨得张古老的喜欢。

日子久了，张古老心里发愁。他想：我这块老骨头，总不能老赖在这世上，说不定哪一天，我两腿一伸，看他们这么混混沌沌，怎么过日子嘛！于是，他便想替老四找个乖巧一点的媳妇，现今，能给自己添个好帮手；将来，也好做个自己的替脚人，掌管这份家业。

想想容易，办起来却难了。张古老打听来，打听去，总没有一个合适的。到底老汉是个聪明人，他想了一个巧妙的法子。

这天，他把三个媳妇叫到跟前，说：

“你们好久都没有回娘家了，心里一定很挂念吧！今天，我就打发你们回娘家去。”

三个媳妇一听说回娘家，欢喜得不得了，问公公让她们住多久。

张古老说：“大媳妇住三五天，二媳妇住七八天，三媳妇住十五天。三个人要一同回去，一同回来。”

三个媳妇想也没想，便连忙答应了。

张古老又说：“往日你们回去，总要带点东西孝敬我，但是，每一次带回的东西都不如我的意。这次你们回去，也少不了要带点东西的，不如我先说出我要的东西来。”

“你老人家只管开口，我们一定带回来就是。”三个媳妇一齐说道。

张古老说：“大媳妇替我带一只红心萝卜回来；二媳妇替我带一只纸包火回来；三媳妇替我带一只没有脚的团鱼回来。”

三个媳妇一听，都满口答应了。三个人便一齐动身回娘家了。

三个人走呀走,不一会儿,便走到了三岔路口。大媳妇要往中间那条路去;二媳妇要往右边那条路去;三媳妇要往左边那条路去。三个人正要分手时,才记起公公的话来。

大媳妇说:“公公嘱咐,让我们一个住三五天,一个住七八天,一个住十五天,还要同去同回。哎,三个人的日子又不一样,同去还容易,同回多难啊!”

二媳妇说:“是呀！同回才难啊!”

三媳妇也说:“是呀！同回才难啊!”

“还有礼物呢！一个是红心萝卜,一个是纸包火,一个是没脚团鱼。哎,刚一听好像是很普通的东西,如今一想,都是些从来没有见过的东西啊!”大媳妇着急地说。

“是啊！都是从来没有见过的东西啊!”二媳妇也着急地说。

“是啊！都是从来没有见过的东西啊!”三媳妇也着急地说。

“不能同去同回,又没有这些礼物,公公是不会让我们进屋的,这怎么办呢?”大媳妇更是着急了。

“这怎么办呢?”二媳妇也更着急了。

“这怎么办呢?”三媳妇也更着急了。

三个人想来想去,真不知怎么办才好。大家都急得不得了,又不敢回去,便坐在路边哭起来了。

三个人哭呀哭呀,从日出哭到日落,越哭越伤心,越哭越热闹。哭得惊动了住在附近的王屠户。

王屠户带着女儿巧姑,在路边搭了个草棚,摆了张案板,天天卖肉过日子。这天听到了哭声,便向女儿说道:

“巧姑,去看看是哪个在哭？出了什么事情?”

巧姑走了出来,见是三位大嫂在那里哭成一堆,问道:

“三位大嫂,你们有什么心事,为何哭得这样伤心?”

三个人一听有人来问,连忙抹掉眼泪,一看,只见是位姑娘站在面前。她们止住了哭声,把事情的原委,一五一十地告诉了她。

巧姑一听,想也没想,便笑着说:“这很容易,只怪你们没有想清楚。大嫂,你三五天回来,三五一十五,是十五天回来;二嫂你七八天回来,七八一十五,也是十五天回来;三嫂也是十五天回来,你们不是能同去同回吗?”

巧姑接着又说:“三件礼物:红心萝卜是鸡蛋,纸包火是灯笼,没脚团鱼是豆腐,这些东西家家都有,是顶普通的东西呢。”

三个人一想,果然不错,便谢过这位姑娘,高高兴兴地分了手,各自回娘家去了。

三个人在娘家,都足足住了半个月。这天,她们一同回来了,见着公公,把礼物也拿了出来。

张古老一看,吃了一惊。原来她们带回来的礼物,一点儿也没有错。他心里知道,这不是她们自己想出来的,便问她们。三个人也不敢隐瞒,就把实情一五一十地说出来了。

张古老一听,决定要去会会这位姑娘。

这一天,张古老一直走到卖肉的草棚子里,连忙叫老板称肉。

王屠户不在家,巧姑走出来,问道:

“客人,你要称什么肉?”

张古老说:“我要皮贴皮,皮打皮,瘦肉没有骨头,肥肉没有皮。”

巧姑听了,一声不响,便走到案板那边去了。一会儿,就拿来了四个荷叶包包,齐齐整整地放在张古老面前。

张古老一看,一样是猪耳朵,皮贴皮;一样是猪尾巴,皮打皮;一样是猪肝,瘦肉没有骨头;一样是猪肚子,肥肉没有皮,一点儿也没有错。他心里一喜,便想道:这才是我的媳妇啊!

张古老回到家里,马上请了一个媒人去向王屠户说亲。王屠户知道张古老的底细,和巧姑一商量,便答应了。不久,张古老选了个日子,把巧姑接了过来,和老四成了亲。

张古老得了这样一个聪明的媳妇,满心欢喜,平日里,把她看得特别重,还有心要她当家。

巧姑见公公对自己这样好,也顶尊敬他。

日子久了,大媳妇、二媳妇和三媳妇便有些不自在了,背地里叽里咕噜地说:“公公有私心,只心疼老四媳妇,嫌弃我们。”

张古老看出了她们的心思，他想：要大家心服，非得想个法子才行。

这天，他把四个媳妇都叫来，对她们说道："我一天天老了，很难管上这份家。我想把这份家交给你们来管，但是家里人口多，事情杂，要有个聪明能干的人才管得了。我不知道你们里边哪个最聪明、最能干？"

四个媳妇一齐说："公公，你就试试吧！"

张古老说："好，我就试一下吧！试出来哪个最能干、最聪明，家就让她当。这是你们自己说的，以后不准埋怨啊！"

大家同意了。

张古老说："会当家的人，就知道节省，无的做出有的来。我就在这点上出题目：要用两种材料，炒出十种材料的菜来；用两种材料，蒸出七种材料的饭来。哪个做得出，就是聪明能干的人，家就归她当。"说罢，张古老就转头问大媳妇：

"你做得出吗？"

大媳妇一想：两种材料就只能当两种材料用，哪能当十种材料用呢？便说：

"你别闹着玩了，这哪里做得出来！"

张古老又问二媳妇："你做得出来吗？"

二媳妇一想：平日蒸饭，都只用大米，顶多再加一两种材料，哪来的七八种材料。便说：

"公公，你别逗我们了，这哪里做得出来！"

"你做得出来吗？"张古老又回头问三媳妇。

三媳妇心想：两位嫂子都做不出来，我更不用说了，便没有做声。张古老知道三媳妇也做不出来的，便说：

"想你也是做不出来。"最后，才问巧姑："你呢？"

巧姑想了想，说："我试试看。"

巧姑走到厨房里，用韭菜炒鸡蛋，炒了一大碗，用绿豆和在大米里，蒸了一大盆，端到张古老面前。

张古老一看，说道：

"我要的是十种材料的菜，怎么只有两种？我要的是七种材料的饭，怎么也只有两种?”

巧姑说:“韭菜加鸡蛋,九样加一样不是十样?绿豆和大米,六样加一样,不是七样?”

张古老一听,高兴极了,连声说对,当场就把钥匙拿出来,交给巧姑了。

巧姑当家以后,把家里的事情,安排得妥妥帖帖,吃的穿的,都是自己做出来的,一家人过得舒舒服服。

有一天,张古老闲着没事做,便坐在大门边晒太阳。突然,他想起自己过去的日子,年年欠债、受气。如今日子过好了,自由自在,真是万事不求人。一时高兴,顺手在地上捡了块黄泥块,在大门上写了几个大字:“万事不求人”。

不料,当天知府坐着轿子,从这门前经过。他一眼便看见门上这几个大字,大吃了一惊,心想:这人好大的胆,敢说出如此大话来,这不是存心把我也没有放在眼里。好吧!我叫你来求求我,便厉声叫道:“赶快停下轿,给我把这个讲大话的人抓来。”

衙役们马上凶恶地把张古老从屋里拖了出来。

知府一见,瞪着两眼说道:

“我道是什么三头六臂,原来是个老不死的老头。你说得出这种大话,想必有大本事。好吧!限你三日之内,替我寻出三件东西来。寻得到,没有话说;寻不到,就办你个欺官之罪。”

张古老说:“老爷,是三件什么东西?”

知府说:“要一条大牯牛生的犊子;要灌得满大海的清油;要一块遮天的黑布。少一件,便叫你尝尝本府的厉害。”说罢,便坐着轿子走了。

张古老接了这份差事,掏空了心思,也想不出个办法来对付,整日里愁闷,饭也吃不下,觉也睡不着。

巧姑见了,便问:“公公,你老人家有什么心事,尽管跟我们说说吧!”

张古老说:“只怪我不该夸大话,和你说了也没有用。”

巧姑说:“你老人家说吧,说不定能想出个办法来的。”

张古老只得把心事对巧姑说了。

巧姑一听,说道:

“你老人家说的对嘛，庄稼人吃自己的，穿自己的，本来就是万事不求人。你老人家放心吧，这差事就让我来对付。”

过了三天，知府果然来了。一进门，便叫道：“张古老在哪里？”

巧姑不慌不忙地走上前说：“禀大人，我公公没在家。”

知府瞪着眼说：“他敢逃跑，他还有官差在身呢！”

巧姑说：“他没逃，是生孩子去了。”

知府奇怪起来了，说：“世上只有女人生孩子，哪有男人也生孩子？”

巧姑说：“你既知道男人不能生孩子，为什么又要大牯牛生犊子呢？”

知府一听，没话可说。停了好久，只得说道：“这一件不要他办了，还有两件！”

巧姑说：“请问第二件？”

“灌海的清油。”

“这好办，请大人把海水抽干，马上就灌。”

“海有这么大，怎么抽得干？”

“不抽干，海里白茫茫的一片水，油又往哪里灌？”

知府脸一下羞红了，便叫起来：

“这一件也不要了，还有一件！”

巧姑说：“请问第三件？”

知府说：“遮天的黑布！”

巧姑说：“请问大人，天有多宽呢？”

知府说：“哪个晓得它有多宽，谁也没有量过。”

“不晓得天有多宽，叫我们如何去扯布呢？”

这一说，知府再也没有话回了，红着一张脸，慌忙地钻进轿子里，跑了。

本来，张古老就有名，这一来，远远近近的人，更没有一人不知道了。大家都说：“这一家子，有个顶聪明的公公，还有个顶乖巧的媳妇。”

（整理：周健明）

贤惠姑娘

（柯尔克孜族）

从前有一个名叫萨勒巴依的汗，他的年岁已经很大了，因为没有一个儿子，在他病得厉害的时候，就把人们召集到一起，这样说道："我活了偌大年纪，经历了许多事情，能吃的我吃过了，能喝的我也喝过了，现在我快要死了。如果我还欠你们什么债务的话，你们就说吧！在我闭眼以前，我一定要还清。我们还必须商量一下，从你们中间推选一个你们感到亲近的人当汗。"

人们听了汗的话，立刻齐声说道：

"尊敬的汗啊！您管理百姓这么多年，从来没有伤过任何人的心，还是由您指定一个人当汗吧！"

萨勒巴依左思右想，最后对大家说："我有一只和我同年的白色雄鹰。它在我死后三天将变得不睁眼，不张翅，不抬腿，也不吃食。第四天，你们把它放掉，它落在谁的身上，谁就是你们的汗了。"

几天以后，萨勒巴依去世了。白鹰果然像汗说的那样，三天不起窝，不吃食，耳朵也听不见了。到了第四天，人们集合到一块儿，把白鹰喂得饱饱的放了它。白鹰在空中打了几个旋儿，忽然斜着身子直冲下来，落在了一个牧童的肩膀上。迎接汗的百姓们不由得大声喊了起来："哎呀，天哪！这么个放羊的小孩子，他怎么能够管理百姓呢？我们还是不要推他当汗吧！"

这时，一个长着白胡子的老者走上前来，说道："在萨勒巴依闭目以前，他曾经许下了这样的诺言：'白鹰落在谁的身上，就推谁为汗。'现在白鹰既然落在牧童身上，我们应该实现萨勒巴依的诺言，尊他为汗。"

大家认为老人的话很有道理，便让牧童当了这个国家的汗。

牧童成了管理百姓的汗以后，他就从国库里拿出了金银和牲畜分给穷苦的百姓们，解决了大家的困难。

几年以后，人们看见汗成日地为百姓操劳，可是还没有一个妻子。一天，大家就聚集在汗的面前说道："敬爱的汗啊！您娶个妻子吧！让她给您生个儿子，将来继承您的王位。"

汗最初总是不答应，但是人们一再劝说，坚持让他接受大家的要求，他最后只得答应了。他说：

“那么就把民间所有的姑娘都叫来吧！我出三个谜语，谁能猜到，我就娶她做我的妻子。”

第二天，全城的姑娘都来了，汗给她们出了下面三个谜语：

“日出和日落中间有几天的路？

天和地中间有几天的路？

虚假和真实中间有几天的路？”

汗给姑娘们三天期限来猜这些谜语。

一天过去了，姑娘们没有猜着谜底。两天过去了，姑娘们没有猜着谜底。第三天清晨，她们正往汗那儿走去的时候，一个正在拾柴火的穷家姑娘来到了她们面前。穷姑娘说：“大姐姐们，你们这边跑什么呢？有什么事情？请你们也告诉我一下好吗？”

姑娘们申斥她说：“这和你有什么相干，还不快拾你的柴火去！”

穷姑娘央求她们：“大姐姐们，你们把我带去吧！”

大家正在犹豫呢，其中一个姑娘说：“带上她吧！她不也是人吗？”穷姑娘听了高兴得蹦蹦跳跳跟着她们就到宫里去了。

汗见姑娘们来了，走出来问：

“谁猜着谜底了？”

姑娘们都不说话。只见那个穷姑娘走上前说：“我的汗啊！您出的谜我猜着了：日出和日落中间有一天的路程，因为太阳在早晨出来，晚上落下。天和地中间有眉毛和眼皮之间那么大的距离，因为您抬起眉毛往上一看，就是天，垂下眼皮往下一看，就是地。虚假和真实中间仅仅有四指宽，常言说得好，耳听为虚，眼见为实，耳朵和眼睛中间不是只有四指吗？”

听了穷姑娘的回答，大家都被她的聪明惊呆了。汗对她的回答也很满意。可是他还想试试别的姑娘们的智慧，就说：“我再说三个谜语，你们再猜一猜。这三个谜语是：什么使人最伤心？什么使人最忧愁？什么让人最受折磨？”汗又给了她们三天的期限去猜这些谜语。

一天、两天过去了，无论哪个姑娘都没有猜着谜底。第三天，那个穷姑

娘又和大家一块儿来了。一见到汗,她就说:

“我的汗啊！您出的谜我猜着了。人受了侮辱使人最伤心;死亡令人最忧愁;贫穷让人最受折磨。我的汗王啊！您说是吗?”

汗非常满意穷姑娘的回答,便按照诺言娶她做了妻子。凭着妻子的智慧,两个人不但生活和睦,国家也管理得一天比一天好。

一天,汗忽然对妻子说:“我的贤妻啊！除了我以外,你不要把智慧献给任何人,如果你不遵守诺言,我们将来只有分别。”汗说了这话以后,妻子表示同意。

有一天,汗的一个卫士犯了大罪,汗要处死他。乡亲们告诉卫士说:“你去求一下汗的妻子吧！她会帮助你的。”

卫士来到汗的妻子面前请求帮助。汗的妻子很同情他,对他说:“我教给你一个办法,但是你不要说是我告诉你的。”卫士照着汗的妻子的妙计去做,果然得救了。

不久这事就被汗知道了,汗强迫卫士说:

“你是听从谁的计谋得救的？要说实话。如果不说实话,我就砍了你的头!”

卫士听了吓得要死,只好把一切照实说了。汗立刻气冲冲地跟妻子说:“我们有约在先,可是你不遵守。从今天起,我们只有按照诺言分手吧!除去宝座、王冠你给我留下以外,别的东西,你要什么,你都拿去!”

汗的妻子说:“汗啊！您一定要这么办,我也只好从命了。不过在我们离别之前,请您答应我再给您做一次饭,让我们最后再坐在一起吃一次吧!”

汗同意了。汗的妻子做了香喷喷的饭,拿来了用马奶酿的酒,让汗喝了个够。汗喝得昏昏沉沉,一睡不醒。汗的妻子把汗的宝座、王冠留下了,拉过来备好的骏马,带上汗跨马就出城了。当他们来到了另一座城市,汗醒过来了。他睁开眼看到妻子还在身边,再看看自己,却已来到了另一座城市。汗惊奇地问:“嗳,你要把我怎么样啊!”妻子说:“汗啊！这是您说过的啊！放下你的宝座、王冠,把我称心的东西全部带走。为了遵从您的旨意,我把您的宝座、王冠都留下了。除了这些以外,真正称我心的,就是您了,所以我把您带来了。”

汗被贤妻说得哑口无言,只好又带着她骑马回去了。

(翻译整理:葛世钦)

姑娘的嫁妆

(维吾尔族)

相传古代有一个穷人,他只有一个女儿,长得非常漂亮,说她是月亮,她又不是月亮,说她是太阳,她又不是太阳,可真像一位天仙似的。她那美丽的容貌,苗条的身材,使她的爹爹一方面高兴,一方面发愁。姑娘起初还没有察觉出来,后来,有一天,看见爹爹哭哭啼啼的,她便想:不知爹爹有何心事,总是愁眉苦脸的。于是就问父亲:

“爹,您为啥老是这样愁眉苦脸,闷闷不乐的呀?”

姑娘的父亲心里想:说也是苦,不说也是苦,忍不住姑娘的哀求,便说:

“我的女儿呀!皇帝已打发媒人前来说亲啦,可是我没有马上答应他。不答应的话,他们就要割我的头;答应呢,你又是我心上的一块肉,我怎能舍得了你呀!”说着,说着,把姑娘搂在怀里痛哭起来了。姑娘明白了这情况,就劝父亲说:“爹,您放心,这事由我来回答他们。我自己想办法不到他的宫廷里去,逃脱这可恶的‘蝎子’的手掌。”

姑娘的父亲对女儿的话似信非信,说:“娃娃,听胡大的安排吧!”可是,他为了不伤女儿的心,又说:“女儿!你说得对。”

第三天,皇帝打发媒人来时,姑娘的父亲说:

“这事,我的姑娘知道,请你们亲自问她吧。”说着,唤来了女儿,自己就出去了。

媒人见了姑娘,高高兴兴地问她:“你要些什么嫁妆呀?尽量地要吧,有的是。”

姑娘冷淡地笑了笑说:

“首先我有一个问题,是不是可以问呀?如果可以的话,请你们先回答我的问题,然后再谈嫁妆吧!”

媒人们异口同声地说道:“行行行!完全行,哪有不行的呀!”

姑娘便问道:“皇帝今年多少岁？他娶过多少个老婆了?”

媒人们想也没有想,便开口回答说:

“皇帝今年已经七十多岁啦。天上有多少星星都可以数得清,可是,皇帝娶过多少个老婆,这可是数也数不完的呀!”

姑娘很干脆地说:“那样的话,我的嫁妆要二十只狼,三十只豹子,四十只狮子,六十匹骟马,七十斤棉花,八十个木桩。这些东西什么时候准备好了,就什么时候开始举行婚礼。”姑娘说罢,媒人们一时说不出个名堂,没有吭声就回去了。

皇帝唤来了所有的大臣,问道:

“姑娘要的这些嫁妆,我们怎样准备呀?”

大臣们在皇帝面前,个个都是拍马屁的能手。他们嬉皮笑脸地、轻蔑地议论说:

“这个傻女子也许是疯了吧,真是想说什么就说什么。”转脸又向皇帝说:“小意思,小意思,这对陛下来说,真算不了啥。只要陛下命令,叫山里的猎人,在五天内抓来二十只狼、三十只豹子、四十只狮子,叫牧民拉来六十匹骟马,叫农民拿来七十斤棉花,叫木匠们做出八十根木桩。”

皇帝觉得这个建议十分好,高兴得哈哈大笑起来。这时,一个仆人正在打扫走廊,听了这话,对皇帝和大臣们的愚钝无能,很感惊讶,忍不住哈哈大笑。皇帝听到这笑声,从窗口里伸出头来一看,原来是一个仆人独自在那儿笑着。皇帝心想:这个仆人为什么笑呢？便把仆人唤来问道:

“你独自一人在笑什么呀?”

仆人回答:“我自己笑自己呀。”

尽管皇帝用尽了各种各样的方法来吓唬仆人,可是他还是不照实说。最后,皇帝被激怒了,唤来刽子手,对仆人说:

“如果你不老老实实地说你笑什么,那我可就要下令割掉你的脑袋!”

仆人见势不妙,便说:“我讲吧!”

“我笑你们在对待姑娘嫁妆这件事情上的幼稚无知。姑娘要的这些嫁妆,意思是——人满二十岁,就像狼一样的勇敢敏捷;到三十岁,就像豹子一样的身强力壮;满四十岁,就像狮子一样威风凛凛;可是,当人活到六十岁,就会像骟马一样的软弱无力;当人活到七十岁时,就会像棉花似的松松绵绵;那么,当人活到八十岁时,他需要的不是别的,而是木桩,就是只需要抬死尸的架子了。那个聪明的姑娘,知道陛下已经七十多岁了,这就是说,陛下现在需要的不是姑娘,而是抬死尸的架子。但是你们不理解姑娘说这些话的含义,还在一本正经地准备这些嫁妆,我就是为这个好笑。”仆人说罢,又哈哈大笑起来。

皇帝想了想,的确如此。大臣们个个都感到莫名其妙。皇帝在姑娘这犀利的讥讽下,气得一命呜呼了。皇帝死去后,所有的百姓都非常高兴,姑娘也跟着出了名。从此以后,人们都叫她“聪明的姑娘”。

(整理:赵世杰)

做　官

有一个妇人,当她来到河边时,渡船已撑到河心了。她大声地叫着,要渡船回来渡她,可是撑渡的始终不回应,置若罔闻。

她急了,便呼道:“渡船快撑回来呀!要知道我的丈夫在做着官呢!”

这句话的魔力真大!不管搭客怎样反对,撑渡的终于把渡船撑回岸去,接那个“官娘”。

渡船离开了河岸。船上的人一人一句地问那妇人,她丈夫究竟在做什么官?在哪儿做官?

妇人答道:“在我屋里做,有什么好问呢?”

“在你屋里?”这答话,更惹起人们的好奇,异口同声地问:“他在屋里做什么官?”

她看看大家,微笑着说:“小孩子总是惯问,什么干不好做:咸菜干哪!豆腐干哪!饭干哪!萝卜干哪……”

“哈哈哈……”渡船里的人都大笑起来。

(整理:林　兰)

赔话柄

过去,有一对夫妻:丈夫非常忠厚老实,常常受人欺侮;媳妇却千巧百灵,会想办法。男人田里做,媳妇屋里做。媳妇自己织好了布,就自己拿到镇上去卖。为啥要亲自去卖布呢?她知道丈夫老实,会被人欺侮。

有一次,媳妇快要生小孩了,没有力气再去卖布,就把丈夫叫来,叮咛道:“官人,我快要生了,没有力气去卖布,你去卖一次吧!”

男人说:“我去卖布也行,但不晓得怎么卖法?”

“我这布,一千钱可赊,八百现钱可卖。”媳妇仔仔细细叮咛男人。

男人第二天起个早,出去卖布。走到半路,对面来了个人,把他叫住就问:“你这布卖不卖?”“卖,卖的。”“要多少钱?”“我女人叮咛我,我这布要赊一千,现钱八百。”“好呀,那么你这布就赊给我吧!”“你住在哪里呢?”“我家住在鬼门东,门前有棵刀刀树,后边有座闹哄哄。”男人记牢了,就欢天喜地回家去了。

媳妇看见男人回来,就问:“布卖掉啦?”“卖了,一千钱赊给了别人!”“那人住在哪里呢?”男人扳着指头原原本本地说:“他家住在鬼门东,门前有棵刀刀树,后边有座闹哄哄。”女人听了,笑着问:“你怎么去找呢?”男人翻翻眼,说不出来。媳妇就告诉他:“他家住在坟山东面,门前有棵皂荚树,后边有个学堂。”

过了三四天,男人去收钱,照媳妇讲的地方一找,果真看见了买布客人。买布客人是教书先生,这时候,正在和另外一个先生谈天。男人闯进门,就大声大气地说:“买布朋友,布钱给我!”先生起初一惊,后来见是卖布人来收钱,就道:“唔!布钱我还你,可是你打断我们的话柄,接一个话柄要千把钱,你找我二百钱。”

男人说他不过,只好垂头丧气回家了。媳妇问他:“钱取回了没有?”男人叹了口气,一五一十地告诉了媳妇。媳妇想了一想,就说:“你明天带把锹,到操场上横掘竖掘,吃力了,就歇歇,等先生出来,你就说挖风根,要是他说风根没有,你就说话柄也不会有。这样,他就只好把布钱还你了。”

第二天，男人果真背了锹，到操场上挖坑。刚挖了三个坑坑，先生就从屋里扑出来，一把揪住男人，说："你这人，二百钱不找来，倒在场上横掘竖掘，做啥？""我掘风根。""放屁！风还会有根？"先生暴跳如雷。男人笑道："你这先生，风没有风根，话哪里有话柄呢？快点，布钱拿来！"先生没法，面红耳赤，只好交了布钱。

（采录：陆中岳）

"难　难　他"

从前有一个秀才，他自以为很聪明，常常要出一些难题去刁难别人，显示自己的本领。

有一天，他骑了马出去游春。走到一处，看见有一个农夫正在田里插秧，他就勒住马问道：

"喂！种田的，你从早起到现在，插了几墩秧？"

农夫被他这一问，竟呆住了，吞吞吐吐地说：

"这倒说不上来。我只顾不停地插，从来也没有数过。"

"哼，真是木瓜！"秀才轻蔑地说，"亲手插的秧，怎么连数目也不知道呢？"说完，抖抖缰绳，嘚嘚地跑开了。

农夫无缘无故被秀才羞辱了一下，心里很生气。他回到家里，就把这事告诉自己的妻子。他的妻子是一个聪明人，听了这话说：

"明天如果他再来，你就反问他：你骑着马从早晨走到现在，可知道走了多少步，看他能不能回答！"

农夫一听，高兴得拍着大腿说："对，也让我难难他！"

第二天，秀才骑着马从原路回来。他看见农夫还在那里插秧，又勒住马，得意地喊道：

"喂！插秧的，今天你能回答了吧？从早晨到现在，你插了几墩秧？"

农夫因为预先有了准备，不慌不忙地回答说：

"秀才先生！对不起，我是有规矩的：逢单日只许人家问我，不许我问人家；逢双日就反一反，只许我问人家，不许人家问我。今天正好是初四，还是让我来问问你吧！”

秀才一想，自己经、史、子、集读过不少，天文、地理也略知皮毛，有什么问题不能回答呢？就大模大样地说：

“你要问尽管问。你不知道的，我还能不知道吗？”

农夫说：“你骑着马从早晨走到现在，一共走了多少步？”

这个问题，秀才哪里答得上来，他羞得满面通红，结结巴巴地说：“这个……这个，我倒没有数过……”

农夫顿时哈哈大笑说：“可见木瓜不止我一个，还有人和我配对呢！”

秀才气得要命，咬牙切齿地说：

“我不相信你有这样好的头脑，一定是人家教你的！”

农夫说：“这和你有什么相干？反正又不是秀才你教我的，是老婆教我的！”

秀才是一向瞧不起女人的。他一听这话，更加不服，怒气冲冲地说：“哼，女人能有多少学问？不是我吹牛，我只要用半张嘴，就能斗过她们！”

农夫冷笑一声说：“那么，你试试看吧！”

秀才一心要争回自己的面子，就问明了地址，骑着马到农夫家里去了。他为了要显本领，用一张膏药把自己的嘴巴封住一半。

他到了农夫家里，看见农夫的妻子正在烧菜。他一脚踏在门槛里，一脚踏在门槛外，问农夫的妻子说：

“聪明的大嫂，你知道我现在是要进来，还是要出去？”

农夫的妻子把他上下打量了一番，知道他就是那个专门刁难老实人的秀才，拿起砧板菜刀，反问道：

“秀才先生，你知道我是要切菜，还是要切肉？”

秀才回答不出，只好转变话题。他四面一看，问道：

“大嫂，你丈夫怎么不在家？”

农夫的妻子说：“他耕田去了。”

“在哪里耕田？”

“在灶梁头耕田。”

秀才一听，故意大惊小怪地喊道：

“大嫂，不好了！牛屎从灶梁头滚下来，落到饭锅里去了！”

农夫的妻子不慌不忙地回答道：“不要紧，这头牛屁股上贴了膏药，不会随便拉屎的！”

一句话把秀才羞得满脸通红。他连忙把贴在嘴上的膏药撕下来，丢在地上。农夫的妻子见了，又说：

“秀才先生，我的丈夫就要回来了，他是最讨厌你们这种人的。你快走吧！”

秀才莫名其妙地问：“为什么现在就回来？”

农夫的妻子笑着说：“你不知道吗？那头牛把屁股上的膏药弄掉了，再耕下去，在灶梁头拉起屎来怎么办？”

一句话把秀才说得哑口无言。他知道再缠下去也讨不到便宜，就一溜烟儿地逃走了。

（整理：刘　金）

仨同年[1]“扯大炮[2]”

从前，有三个同年人经常聚在一起谈天说地。有一次，其中一个同年提出：“今日仨同年来个‘扯大炮’比赛，看谁扯得最响、最生动，比输的就出钱请食晏[3]好吗？”另外两个同年连声说好。

接着仨同年就扯起“大炮”来了。开头一个同年说：“我阿公有一日上山打猎，脚底穿进一条刺，他把这条刺取出来做柴火，烧熟了三窑石灰。”

第二个同年说：“我阿婆出嫁时，用胭脂化妆，用完三条大船装来的胭脂，才化好一个鼻尖。”

以上两个同年扯的“大炮”真够响，够生动了。轮到第三个同年怎么也想不出更响的“大炮”来，只好认输，回家拿钱请食晏。

---

①同年：同年出生的俗称。

②扯大炮：吹牛皮的意思。

③食晏：吃中午饭。

这位同年回到家中闷闷不乐，他老婆问他为何发愁，他就把刚才仨同年"扯大炮"的事，一五一十讲给她听。他老婆听后安慰他说："蠢货，你愁什么呀，快去安心睡一觉，你同年来了由我来对付。"

过了一阵，那两位同年就上门来了，进屋就问："同年嫂，同年哪里去了？"同年嫂一本正经地说："别提了，刚才他上床睡觉，不幸被虱子蹄踢断三条肋骨，还躺在床上起不来呢！"两位同年听后不禁捧腹大笑，同声说："算了，算了，食晏的事，有同年嫂扯的这个'大炮'，就算他赢了！"

（讲述：黄东林　整理：唐春华）

傻男趣事

傻女婿报喜

傻女婿的老婆生孩儿了,去丈母娘家报喜。到那儿,丈母娘见他就问:"添[①]了不?"他说:"添了。"丈母娘拿点儿鸡蛋、挂面给他,叫带回去,交代说:"翻泡打蛋,滚水下面。"他说:"中啊。"拿着就回家了。

走到河桥上,他看河里水"咕嘟咕嘟"翻泡,赶紧把鸡蛋打里头,面也把它下里头了。

到家,他老婆问他:"你上咱妈那儿去,咱妈给你弄的什么?"他说:"弄的鸡蛋、挂面,叫我拿着的。"他老婆说:"搁哪儿啦?叫我看看。"他说:"唉,咱妈说'翻泡打蛋,滚水下面',我搁河里了。"他老婆说:"那咋弄到河里去啦?"他说:"我看河里水'咕嘟咕嘟'翻泡动弹,不是在滚嘛 ,我把鸡蛋打里头,把面也下里头了。"他老婆骂他说:"你这个死人,啥也不知道,去给我弄回来去!"

傻女婿拿个笊篱去捞。他边捞着边说:"河里水稀不?稀稀,上笊篱,回家老婆子还要你。稀稀,上笊篱,回家老婆子还要你。"他在那儿"稀"开了,啥也没捞到。

他丈母娘听说这事给气病了。他老婆叫他去看看娘,对他说:"你先去看看咱娘,我晚些再去。"他说:"中。"

他丈母娘看见傻女婿来了,也不理他,搬个凳子自个儿坐那儿,给女婿个脊梁,话没说,"扑哧扑哧"放了俩屁。

傻女婿又回去了。他老婆问他:"咱娘咋样?好些了不?"他说:"病得很哩!"他老婆说:"咋样很啊?"他说:"脸不会扭,头不会抬,只会放气动弹不得,像是死了没有埋。"

(讲述:曹衍玉　采录:程健君　郑大芝)

---

①添:此指生孩子。

傻女婿祝寿

有个傻女婿的老丈人要庆五十大寿，他媳妇怕他去了说露兜话①，临走对他说："今儿给爹祝寿，到那哈儿②要说好听话，我教你几句。"傻女婿说："中啊。"他媳妇想想，眼下是八月，娘家院里有棵桂花树，爹的生日正是桂花开的时候，就说："到那哈儿进了大门，第一句先说'八月桂花香啊'！"傻女婿就跟着粗声粗气学着说："八月桂花香啊！"他媳妇一听他那老憨腔，说："唉，可惜有好词没那好鳖腔。"傻女婿又跟着学："唉，可惜有好词没那好鳖腔。"他媳妇气他听个啥就跟着学个啥，骂他："说你娘那个脚！"想不到傻女婿又跟着说："说你娘那个脚！"他媳妇知道跟他说不清哪该学哪不该学，指着他小声吓唬说："再说，再说黑了不跟你睡！"不料傻女婿也小声说："再说，再说黑了不跟你睡！"他媳妇看实在教不下去了，把祝寿的礼物一收拾，抬脚走了。

傻女婿以为自己啥都学会了，忙撵出去，跟在他媳妇后头，屁颠颠地去给老丈人祝寿。到了老丈人家，傻女婿进了大门，就扯着老憨腔说："八月桂花香啊！"他老丈人正在院里迎接客人，一听傻女婿今儿个来恁会说话，笑着说："说得好！说得好！"傻女婿说："唉，可惜有好词没那好鳖腔。"他老丈人当是他过谦，忙说："看你说哪儿去了，啥腔好腔坏哩，好！好！"傻女婿接着说："说你娘那个脚！"他老丈母娘在听傻女婿跟他老丈人说话，咋听着听着傻女婿骂起来了，忙上前说他："你爹不是在夸你吗，你咋骂你爹哩？"傻女婿指着老丈母娘小声说："再说，再说黑了不跟你睡！"

（讲述：封石氏　采录：石新剑）

---

①露兜话：指露出讲话者本来水平的话，也指错话或不该讲的话。

②那哈儿：那里。

憨女婿扛织布机

有个媳妇要用织布机，对她男人说：“憨子，去俺娘家把织布机扛回来。路上走慢点儿，可别把织布机腿碰坏了。”憨女婿说：“中啊。”

憨女婿见了丈母娘，忘了要啥机了，就说：“丈母娘，机，机……”丈母娘想着他肚子饥了，忙给他拿馍吃。他吃饱了，还说“机，机”。丈母娘生气了，推他一把，把他推到织布机上了。憨女婿说：“就是这个机，就是这个机。”

憨女婿扛着织布机走到半路上，看见一个人骑着毛驴怪自在，猛地想起媳妇的话，“可别把织布机腿碰坏了”，知道这织布机也有腿，生气了，把织布机往地上一扔，指着说：“人家是四条腿背着两条腿。你也有四条腿，为啥叫我这两条腿背你哩？咱谁也不背谁了，你走大路，我走小路，看谁先到家！”

憨女婿空手跑回了家。他媳妇问：“织布机哩？”他一惊：“咋，它还没回来？我两条腿都到家了，它四条腿还没到家？”他媳妇说：“你呀，真是憨驴！放哪儿啦？还不去给我扛回来！”

憨女婿又回到搁织布机的地方。这会儿，才下过一阵小雨，织布机让淋得湿淋淋的。憨女婿一见骂开了：“你个懒家伙！我都跑家转一圈儿了，你还赖在这儿不动弹，就这还使一身汗。要不是老婆不依，我都不管你啦！”

（讲述：范秀云　采录：亦建伟）

呆子找驴

呆子牵着毛驴去赶集，临出门老婆交代他，撕几尺白布回来做褂子。

呆子来到集上，啥也不顾，先撕了几尺白布。怕丢了，他把白布缠到驴头上，撵着驴往家走。走到半路，呆子肚里难受，就钻到秫秫地里解手。他从秫秫地里出来，一瞅驴没了，就顺着大路找。

正找着，碰见一群送殡的，个个戴着白孝布。呆子想：恁些人，总会有人看见我的驴跑哪儿了，就问：“大哥大哥，看见我那头上缠白布的驴没有?”送殡的一听好恼，以为他在骂人，劈头盖脸把他一顿好打。

呆子鼻青脸肿地回到家里，把挨打的事对他老婆说了。他老婆说：“人家死了人，心里正不好受。你说那话，不是骂人，人家也当是骂人，不打你打谁？往后再遇到这种事，你就哭几声，说‘多烧纸钱，魂灵上天’，人家不光不打你，还说你懂事。”

呆子记住老婆的话，又出门找驴去了。正走着，迎面碰见一群迎亲的，呆子想起老婆的话，迎上去拦住花轿，“哇哇”哭了几声，说：“多烧纸钱，魂灵上天。”娶亲的人听了气呀，又把呆子痛打一顿。

呆子又跑回家，把挨打的事对他老婆说了。他老婆说：“再看见娶新媳妇的，应该笑着说‘花红柳绿真好看，恭喜恭喜’！”

呆子又出门去找驴。走不多远，他看见前面大人小孩儿都端着盆子掂着桶，乱哄哄往一处跑，原来是一家失火了。呆子也跟着跑到那儿，笑着说：“花红柳绿真好看，恭喜恭喜！”失火这家见呆子幸灾乐祸，拉住他又揍了一顿。

呆子回到家,又把挨打的事对他老婆说了。他老婆听他一说,又开导他说:“你得帮助救火才是。再遇上这种事,你就说‘泼泼水,泼泼水’。”

第二天一大早,呆子又出门去找驴。大街上,一家铁匠铺刚生着火,准备打铁。呆子一见火星乱飞,掂来一桶水,喊:“泼泼水!泼泼水!”手一扬,“哗啦”一桶水泼到了炉子上。铁匠师傅一见恼透了,拉住呆子就打。

呆子又跑回家,对他老婆诉了苦,他老婆说:“人家正忙得不行,你咋不去帮帮锤?”

呆子听了这话,又出门去找驴。走到个僻静地方,正碰上俩人打架。呆子忙说:“帮帮锤!帮帮锤!”说着,照那俩人身上挥拳打起来。那俩人也不打了,合伙儿按住呆子搂个解气。

呆子瘸着腿回到家,又把挨打的事对他老婆说了一遍。他老婆说:“你这个笨人,见人家打架,咋不上去拉拉架?”

呆子又去找驴。出了庄,他远远看见两头大老犍在那儿抵架,跑过去往中间一站说:“拉拉架!拉拉架!”一头大老犍上去把他抵翻在地。他爬起来赶紧躲到一棵大树后头,这才觉着肚子痛,低头一看,只见一嘟噜肠子掉了出来。这时候,树上有只斑鸠叫起来:“一嘟噜!一嘟噜!”呆子对斑鸠说:“你也看见啦?这一嘟噜别人还没有哩!”

(讲述:张晓玲　采录:杨德田)

三个女婿拜年

从前,一个姓李的妻子早丧,撇下了三个相差一岁的女儿。这三个女儿个个俊俏,大女、二女嫁给了官府家的公子,唯有三女儿嫁给了勤劳、朴实的庄稼汉。一次,三个女婿都来给李老汉拜年,大女婿和二女婿商定,要趁机嘲弄一下三女婿。大女婿说:“今天咱三人来拜年,只准说是,不准说不是。”二女婿道:“一只老鼠溜墙根跑过。”大女婿顺口答道:“是是是,是是是,蝙蝠比老鼠多两翅,蝙蝠该叫老鼠爹,你们说是不是?”二女婿连说:“是是是。”这时,饭菜招来一只苍蝇,二女婿接着说:“是是是,是是是,苍蝇比蛆多两翅，苍蝇应该叫蛆爹，你们说说是不是？”大女婿连说：“是是是。”这时三女婿觉得他们是在戏弄自己，便说道：“是是是，是是是，你俩头上比我多两翅，你俩应该叫我爹，你俩说说是不是？”因这是他们定的规矩，只好搬起石头砸自己的脚，硬着头皮齐声回答：“是是是。”

怕老婆

从前有两个人，一个叫张三，一个叫李四，两人都是有名的怕老婆。

这天，张三吃过晚饭，洗了锅碗，到李四家串门，刚进门，就听李四的老婆叫李四把她的洗脚水泼了。李四一见老婆张嘴，吓昏了，把“泼了”听成“喝了”，这一下他犯了难：不喝吧，不敢；喝吧，又觉得太那个。于是央告老婆：“能不能给我放点糖？”

这时张三一步跨进屋，嘲笑着说：“李四呀，你可真是个怕老婆，要是我……”正说着，他老婆正巧也走了进来，瞪他一眼说：“要是你又怎么样？”张三回头一看，忙说：“要是我，不放糖就喝了！”

（讲述：杨贵胜　搜集：孙士营）

三个懒汉

一家弟兄三个，都懒得要命，整天闲着，什么活儿也不愿意做。

一天，他们的娘做了一大块香喷喷的糕，放在桌上，就出去了，直到吃中午饭时，还没回来。弟兄三个都饿得肚子咕噜咕噜乱响，眼看着那一块糕出神，但是谁也懒得去拿。停了好久，老大饿得难受，对老二说：“兄弟，去把糕拿来。”老二翻了翻眼皮，回头对老三说：“兄弟，去把糕拿来。”老三瞪瞪眼，扭脸对老大说：“大哥，去把糕拿来。”反正三个人谁也不愿意动。

又停了好久，三个人都饿得受不住了。老大对老二说：“你是弟弟，应当听我的话。去，把糕拿来！”老二跟着扭头对老三说：“你是弟弟，应当听我的话。去，把糕拿来！”老三一扭脸对老大说：“你是哥哥，应当照顾弟弟。去，把糕拿来！”三个人还是谁也不愿意动。

老大生了气，说："好，你们不去拿，看饿谁！"老二说："好，你们都不愿意动，看饿谁！"老三气愤愤地说："你们都懒吧，看饿谁！"三个人憋着气，谁也不动弹。

又停了一会儿，老大想：自己年龄大，能顶住饿，不如想个妙法，使自己不用动就能吃到糕。他便对两兄弟说："咱们如今立个规矩：咱三个不分大小，蹲到这里不许说话，也不许动弹；谁要是一说话或一动弹，就罚谁去拿糕。"老二想着自己正在壮年，能顶住饿；老三想着自己年轻，能顶住饿，便都答应了。

又停了很久，老大听见老二肚子里咕咕噜噜乱响，心里想：快啦，老二饿坏了就会去拿糕了。老二看见老三直流口水，心里想：快啦，老三饿了，就会去拿糕了。老三听见老大直咽唾沫，心里想：快啦，老大饿急了，就会去拿糕了。三个人都望着糕，一动也不动。

这时，忽然从外面跑来一只猫。它闻见糕的香气，便蹿到桌上用爪子抓，大口吃起来。

老大看看老二，老二看看老三，老三看看老大，都没说话，也都没动弹。

猫正吃得高兴，突然又跑进来一只大黄狗。大黄狗向桌上一跳，吓得黑猫"喵"的一声逃跑了。大黄狗一口把糕咬去一小半，一伸脖子咽了。一大块糕眼看就要被狗吃完，老大直出长气，老二直咽口水，老三眼里含着泪水，都是又馋又急又可惜，但都不愿意动。

这时,大黄狗已把嘴里的糕咽下去,张嘴又去吞剩下的一点儿。老三真忍不住了,便“哇”的一声哭出来。老大、老二喜得巴掌一拍,说:“到底赢你啦,快去拿糕吧!”

但这时候,糕已被狗吃光了。

(搜集整理:笑　天)

问　令　尊

有个人要出远门,临行前嘱咐儿子道:

“倘若有人问你父亲,你可回答‘有点小事外出了,请进屋喝茶’。”

因为他呆头呆脑,唯恐他忘记了,就写了张纸条交给他。呆儿把纸条放在袖筒里,时刻取出来看。到了第三天,没有人来问,以为这纸条没有用处,就放在灯上烧了。

第四天,忽然有位客人来了,问道:

“令尊在吗?”

他把父亲交代他的话,忘得一干二净,于是在袖筒里找纸条,怎么也找不见,因此答道:

“没了。”

“什么时候没的?”客人吃惊地问道。

“昨晚烧了。”

(明・浮白斋主人《笑林》)

腌　　蛋

甲和乙都是呆子,甲偶尔吃了个腌蛋,惊讶地说道:

“我经常吃的蛋,味道都很淡,不知为什么只有这个蛋是咸的?”

乙说道:

“我是最聪明的人,亏你问着我,这咸蛋就是腌鸭子生出来的。”

(清・石成金《笑得好》)

傻女婿坐席

傻女婿和妻子一块儿去岳父家。路上妻子说："今天弟弟结婚，客人肯定很多，你别傻里傻气的，让别人笑话。"

傻女婿说："今天全听你的。"

到了岳父家，妻子找来一条细麻绳，一头拴在傻女婿的脚脖子上，另一头拴在自己的脚脖子上，悄悄对丈夫说："吃饭时我拉一下，你吃一口。"傻女婿点头答应。

宴席开始了，妻子的脚动一下，傻女婿就吃一口，不紧不慢，既文雅又大方，妻子很是高兴。谁知不一会儿，一只大公鸡从桌下过，被麻绳缠住了腿，怎么也挣不脱。傻女婿正在不紧不慢地吃，忽然感到绳子拉得快了，以为妻子叫他快吃，便随着节奏越吃越快。后来实在赶不上了，干脆把筷子一扔，动起手来，一只手来不及，便两只手抓着吃。

宴席上的客人见傻女婿的样子，都哄堂大笑起来。

（搜集：刘天成）

不管三七二十一

很久以前，小姑与嫂子二人在田间铲地。正干着，小姑挖出一串钱，惊喜地喊："嫂子，快过来，看这是什么？"

嫂子忙放下铁锹跑过来，见小姑手里拿着一串钱，接过来数了数，共二十一个。她暗自想了想，对小姑和颜悦色地说："咱俩好运气，来，一人一半。"

于是，她取了十个交给小姑，剩下的自己要。小姑不愿意，嚷起来："嫂子，我拾的钱，我应该要十一个！"

嫂子说："我是大人，你是小孩，我应该多要个。"两人为一个钱争吵不休。

这工夫，一个卖油的走了过来，见姑嫂二人斗嘴，问明了情由，劝说道：

“这样吧，二十一个钱，你们各自七个，剩下七个算是酬谢我，这公平了吧？”

姑嫂二人都不同意，于是三个人吵闹得不亦乐乎。恰好县太爷路过，听到吵闹声，吩咐衙役说：“谁在此吵吵嚷嚷，竟敢在老爷地盘上这样撒野，把他们给我抓过来！”

衙役过去，把三人一起带了过来。

县太爷下轿问道：“你们几个不安生种田，吵吵嚷嚷为了什么？”

小姑回道：“老爷，我铲地铲出了二十一个钱，嫂子和我分，只给我十个，她却要十一个。”

县官问她嫂子：“她说的可是实话？”妇人点头说：“是，是。”

县官对卖油的说：“你说呢？”

卖油的说：“小人见她俩争吵不休，好心前去调解，无效；于是想了个办法：给她们每人七个，剩下的酬谢我，她俩不同意，才又吵了起来。”

县官听后，吆喝衙役：“先把这当嫂子的重打二十，作为嫂子，竟欺小姑人小，这样爱财……”

那妇人忙喊起来：“哎呀，老爷，打不得呀……”

“为什么打不得？”

“贱妇怀有身孕已十二个月了！”

“那么，这妇人免了，把小姑重打二十，这妮子对大人如此不敬，为一个钱……”

小姑听嫂子说怀有身孕，就被免打，也忙说道：“老爷，打不得呀，小贱妇身怀有孕！”

卖油的眼看要轮到自己，也慌忙跪下，求道：“老爷，打不得，小人也身怀有孕！”

县太爷听三人说了，真是哭笑不得：“一个怀孕十二个月，老爷从未听说过；小姑人小怀孕，分明是说谎话；男子汉也怀有身孕，真是无中生有，分明骗人。于是，吩咐衙役，不管三七二十一，先给我每人重打二十。”

从这以后，“不管三七二十一”就成为“不管其他条件，先怎么怎么”的代名词了。

（搜集：岳国光）

张古董讲故事

过去沁阳县城南街有个叫张古董的，很爱讲故事，说笑话，见景生情，借题发挥，一肚子净是故事。

一天张古董上街去打醋。杂货铺掌柜叫刘古堂，看见张古董提着个醋瓶，来打醋，就给徒弟使了个眼色，意思是让张古董给说一段。

张古董走进铺来，先向刘古堂打了招呼："刘掌柜，生意发财吧？"刘古堂答道："生意还可以，只是这几天不见你来照顾我，来，先说一段再走。"张古董说："不啦！不啦！家里锅还在咕噜咕噜滚着，等捞面条用醋，改日再说，改日再说！"刘古堂向徒弟们看一眼说："不说，看谁敢给你打醋。"

张古董见不说不行，思考片刻，笑了笑说："说个短的吧！"于是说道：

"从前呀，咱这怀庆府南门大街有一家杂货行，字号叫泰丰恒。这家字号生意兴隆，财源旺盛，汽车进货频繁，一天到晚顾客不断。掌柜的也姓刘，这个刘掌柜很爱吃鱼，每天让大师傅到集上买一两条鱼来，不是糖熘，就是红烧，真有口福啊！

"有一天，大师傅赶集晚了一步，鱼都卖完了，买了一只老鳖来，对刘掌柜说：'今天没买鱼，买了这个玩意儿。'刘掌柜有点不高兴，叫先扔到那儿，回头随便收拾收拾算了。大师傅把老鳖往水缸底儿一放，去做饭了。大师傅回头收拾老鳖时，发现老鳖不见了，东找西找找不着，赶快禀报刘掌柜，刘掌柜说：'跑了，跑了吧。'

"过了好久，有客户来批发红糖，伙计们掂一包是空的，再掂一包还是空的，掂到最底下一包，发现一个大菠萝似的圆家伙，仔细一看是个大老鳖，这才想起还是以前跑的那只老鳖，急忙禀报刘掌柜。刘掌柜大怒，叫徒弟们把老鳖拴在门外柱子上，让来往行人往鳖盖上踏。老鳖爬在街上，过路人都往鳖盖上踩，这个人一踩，咕嘟'流股糖'！那个人一踏，咕嘟'流股糖'！"

这时，刘古堂才听出张古董在编排巧骂人，又气又笑招呼徒弟："快给打醋，让他滚蛋！"

张古董说:“对不起,下次再说个长的。”

(搜集:赵振怀)

“一统”与“两桶”

过去,有个财主生了个儿子又笨又傻,头不知梳,脸不知洗,鼻涕两桶。财主却把宝贝儿子奉若掌上明珠,指望儿子将来能够飞黄腾达,光宗耀祖。

恰巧这天庞振坤从这里路过,财主的傻儿子穿着长袍马褂蹲在地上玩泥,财主一旁笑眯眯地站着瞧。庞振坤觉得好笑,装模作样地来到孩子跟前,前打量,后打量。财主看庞振坤的神态,觉得行动奇异,赶忙上前搭话:“先生,一路辛苦,若不嫌弃,请到寒舍一坐,不知可否赏光?”庞振坤回答:“如此讨扰了。”

财主一边把庞振坤让到客厅喝茶,一边嘱咐安排酒宴。酒足饭毕,庞振坤起身要走,财主慌忙拦住赔笑说:“先生慢走,请问先生我这犬子——”庞振坤郑重其事地说:“贵子前程不可限量。”财主一听,眉飞色舞,还想问个究竟,好在人前夸耀一番,迫不及待地问:“还望先生指明一二。”

庞振坤不动声色地说:“万岁江山才一统了,这孩子鼻涕两桶,岂不比万岁更主贵了。”

财主听了,气得脸像猪肝一样,一句话也说不出来。

(搜集:成广民)

不会磨墨

一个富人的儿子去考试,父亲事先拿儿子测试了一下,成绩很好,满以为一定能够考取了。不料榜上竟没有他的名字。

父亲气极了,赶到县里找县官问缘由。县官调来他儿子的考卷一看,卷子上只有一层淡灰色的薄雾,却看不清上面写着什么。

回到家里,父亲就叫儿子跪下,责问道:“你怎么把考卷写得叫人家看也看不清?”

儿子回答说："考场里没人替我磨墨，我只得在砚上蘸着水写，所以字就淡得看不出来了。"

（清·石成金《笑得好》）

死错了人

富人死了岳母，正在开丧吊孝，为了要祭岳母，他叫家里的塾师给作一篇祭文。这个塾师从书上抄了一篇，把这个差事应付过去了。

不料给一个来吊孝的人看出了毛病，原来抄的是祭岳父的祭文。

主人埋怨塾师，塾师却不服气，说："这是古本上刊定的，怎会错？只怕是他家死错了人。"

（清·方飞鸿《广谈助》）

前面也在下雨

天下着大雨，呆子在大雨中慢吞吞地走着。

人家催他说："怎么不走得快一点儿呀？"

他慢吞吞地回答说："急什么？前面不也在下雨嘛！"

（清·独逸窝退士《笑笑录》）

卖　我

从前，张庄有个张二豁，他好逸恶劳，整天赌博，瓦房输了盖草房，草房输后又盖猪窝，后来连妻子也输了，还是照样去赌博。

这一天，他的钱又输个精光，正垂头丧气地往家走。走到小河边，忽然看见有个老鳖正往沙窝里钻，他猛然跑上前去，一脚把老鳖踢翻了，装到布袋里拿回家去，心想：我卖了老鳖就有钱了，有钱又可去赌博了。可又一想：我到街上咋吆喝呢？我说谁买鳖，人家问鳖咋卖，不就骂着我自己了吗？对了，它不是在沙滩里卧吗？我就给它取个名字叫卧吧。

张二豁用布袋背着老鳖来到大街上，一边走一边吆喝："谁买卧，谁买卧！"由于他嘴不把风，咬字不清，别人一听，就是"谁买我，谁买我"。此时，从南街来了一个老财主，一听有人吆喝"谁买我"，心想：人活九十九，没见过"我"是啥样。他来到张二豁跟前，把手伸向布袋里，只听他"嗷"的一声，怒道："你这卖的是什么'我'，我来买'我''我'咬我。"老财主气得对张二豁的脸上打了一巴掌。张二豁疼痛难忍，与财主吵骂起来，二人争吵不休，拉着去见县官。张二豁咚咚咚地击了堂鼓，县官急忙来到大堂。他二人一见县官升了堂,都抢着说,县官说:“谁是原告谁先说。”张二豁说:“大老爷,我卖‘我’,他买‘我’,他不买‘我’还打我,你说怨我不怨我?”县官一听,不解其意,怒道:“什么我我我的,被告说。”老财主说:“他卖‘我’,我买‘我’,我去买‘我’‘我’咬我,大老爷你说怨我不怨我?”县官越听越糊涂:“你俩打官司原来就是为了‘我’,‘我’是啥东西?快把‘我’拿出来我瞧瞧。”张二豁把老鳖掂了出来。县官一见,气得一拍肚皮说:“啊?原来老鳖就是‘我’呀!”

(讲述:汪龙宇　搜集整理:汪凤东)

赵钱孙李

财主的儿子学《百家姓》,一开头“赵钱孙李”四个字就记不住。教书先生说:“你干爹不是姓赵吗?赵就是你干爹那个赵;钱就是你爹腰里的钱;孙就是村里那个孙瘸子的孙;李就是你爹的朋友李万年那个李。”财主的儿子说:“这样说我就记住了。”这时,财主来察看先生教得咋样,写出“赵钱孙李”四个字让儿子认。财主儿子一看说:“我会,我会!这四个字是:老干爹,腰里钱,孙瘸子,李万年!”

(讲述:常玉林　搜集整理:孙桂林)

先来后到

从前有个傻子叫张三。一天,他要去赶集,父亲放心不下,再三叮嘱道:“赶集得路过一座独木桥,桥又窄又长,只能走一个人,过桥要小心,得有个先来后到,不要和别人挤着过……”

他听了父亲的话,兴冲冲地赶集去了,等把桥快走到头了,张三忽然想起父亲的话,忙转身往回走。走在他后面的李四问:“你怎么不向前走,又往回走干什么?”张三道:“俺爹说:‘先来后倒(到)’嘛,我比你先来,就得往后倒(到)呀!”

(讲述:闵　亭　搜集整理:丁　敏)

考 先 生

从前,有个不识字的员外,想请一位私塾先生教儿子读书。

一天,他请了一位私塾先生。员外想试试先生,便拿了一本字帖,指着上面的“知道”两个字,问:“先生,这两个是什么字?”先生看了看答道:“知道。”他又指着“不”字问:“这个字放在那两个字后面怎么念?”先生看了看答:“知道不。”员外指着“不”字,接着又问:“把这个字调在前面咋读?”先生应道:“不知道。”

员外听了,顿时大怒:“混蛋!第一次问你,你说‘知道’。知道了为什么不告诉我?第二次问你,你说‘知道不’。你没告诉我,我哪能知道?第三次问你,你又说‘不知道’。不知道让你来教什么书?来人,快把这个混蛋轰了出去!”

私塾先生不慌不忙地说:“且慢!让不让教书在你,可先得说清咱俩到底谁是混蛋?你指的就是‘不知道’那几个字,不那样念法又该咋念?难道你明明姓余,非让我说你姓鳖才对吗?”

(讲述:闵　亭　搜集整理:丁　敏)

学说巧话

从前,淮河南岸有一对拜把子兄弟,老大有一子名叫李春,老二也有一子叫朱心。李春和朱心年龄相仿,都是十五六岁。

一天,老二来到老大家做客,不巧老大出门去了,只好由李春接待客人。李春虽然年纪小,但他心灵嘴巧会说话。老二见老大盖了三间新房子,便夸奖说:“贤侄,看你家这房子盖得多好,还是你的爹娘有能耐啊!”李春接道:“叔父过奖了,其实这都是亲邻的帮衬,爹娘的名声。”过了一会儿,老二又见老大家的马膘肥体壮,于是又连声赞道:“好马,好马!真乃宝驹也。”李春应道:“这不过是伙计们的功劳,草料均匀罢了。”到吃中午饭时,还不见老大回来,老二问道:“侄儿,你爹去哪儿了?怎么还不见回来?”李春道："我爹说他今天没事，到南山庙上找老和尚了。"

老二回家后，一再夸奖李春是个好孩子，懂事，会说话，并把李春和他的答话说给自己儿子听，又开导儿子要学李春会说巧话。儿子朱心听了满不在乎，不服气地说："那些漂亮话谁不会说？下次再来客听听我的。"

时过不久，正巧老大来到老二家做客。吃饭的时候，老二让朱心给客人敬酒。老大见朱心这一举动，不由夸奖起来："看侄儿长得多俊，真是个好苗子。"未等老二搭话，朱心接了上去："大伯过奖了。我这都是亲邻的帮衬，爹娘的名声。"老二一听气大了眼睛，可当着客人又不能说什么。老大看到这个场面，马上把话转过来，说道："我看老二身体越来越健壮，日子过得挺不错呀！"朱心急忙接道："这都是伙计们的功劳，草料均匀罢了。"老二眼一瞪说："还不快去给你大伯端饭去！"老大觉得今日做客气氛不好，吃罢饭就要告辞，临走时却不见老二的妻子，于是问道："怎么不见他婶娘？"朱心马上接道："我娘说她今天没事，到南山庙上找老和尚了。"

（讲述：徐胜元　搜集整理：徐清华）

土财主属套裤

从前，有个财主怕老婆。由于老婆平时抠得很，他一年也吃不了几顿肉。有一年三月三，老婆叫他到濮公山庙会去还愿。还完愿，他就跑到城里看热闹。太阳偏西了，他来到一家饭店门前，伸头望望，里边客人满座，猜拳行令，好不热闹，好不眼红；吸鼻子闻闻，香气钻心，食欲大振，好不诱人，好不嘴馋。心想：妈的，老子也算是个人，这味道别说吃，连闻都没闻过，能尝一尝死了也闭眼。他大着胆子走了进去。跑堂的看看他那穿戴，一不官，二不商，粪堆里的蚯蚓——土条。再瞅瞅他怀里，鼓鼓囊囊，像揣了几只大元宝，又不可小看，就点头哈腰地试探说："先生，吃啥呀？"他装得很大度地一挥手："这个嘛，好菜、好酒一样弄一点儿！"

按照他的吩咐，菜弄了一大桌，酒打了一大碗。他边吃边喝，够神气的。老板看他有了醉意，就过来跟他算饭钱。谁知他左摸右掏，只拿出一串钱。老板急了，就朝他怀里掏元宝，谁知竟是几个窝头馍。再看他身上，除了一件新套裤，再也没有值钱的，就让他把套裤押下，第二天拿钱来赎。为记住这家饭店，他左瞧右看，见屋檐下挂有一串大蒜，就一路不停地跑回了家。老婆见他身上的套裤没有了，问道：“套裤呢？”他“扑通”一声跪在床前，抱头大哭起来。听了他的哭诉，老婆气得躺在床上直哼哼。他也吓得是脖子上吊块小磨盘——抬不起脑袋伸不开腰，一直跪了一通宵。

天亮了，老婆醒来一看，他竟跪着睡着了，又有点心疼，就拿出几串钱，叫他赶紧去赎套裤。谁知赶到城里，那家饭店屋檐下的大蒜收回去了。他从南城找到北城，又从西城找到东城，总是找不到屋檐下挂大蒜的那家饭店。他边走边找，边念叨着“挂蒜，挂蒜……”碰巧，被一个算卦的先生听见了，心想：看此人这模样，定是有事找卦算。于是问道：“你找卦算？”“是呀，是呀！”“请问：贵庚几何呀？”他一听，心里说：咦！这个算卦的真神，他咋知道我昨晚跪过老婆？看来得跟他实说。就红着脸回答：“跪到五更！”算卦先生眨眨眼，感到很迷惑，又问：“属相呢？”他更佩服先生的神算，竟知道要赎东西，叫他算算可能有门儿。但又觉得丢人，就没好气地说：“赎套裤的！”算卦先生一听，慌了，心想：这人是有疯病吧？就连忙收起卦摊要走，嘴里还嘀咕道：“奇怪，奇怪，天下还有属套裤的！这卦，算不得，这卦，算不得！”土财主伸手拽住卦兜说：“您真行，我就是找挂蒜不得！”算卦先生被他死死缠住，难以解脱，就无可奈何地说：“你找我没用，我也是为了糊口才骗人，家里还有老婆……”没等算卦先生把“孩子”说出来，他就恍然大悟地说：“噢！算卦是骗人。你也是怕老婆才骗人糊口的吧？”

（讲述：李　斌　搜集整理：孙桂林）

哪个大臣不戴帽

从前有个书生不认识“宦”字，就请教哥哥。哥哥说：“这不是大臣的‘臣’字吗？真笨！连它也不认得。”弟弟想了想说：“不对，我记得‘臣’字上面没有那顶帽子。”哥哥怒道：“你就没看过戏吗？哪个大臣不戴帽！”

（讲述：杨驼子　搜集整理：任恩国）

爱惜靴子

隆冬时节,有一位年轻后生,手里掂着一双崭新的靴子,却赤着脚在冰冻的狼牙路上走,一双脚被狼牙路扎得直流血。一个过路人问道:"老弟,你的靴子咋不穿上呢?何必这样吃苦?"他坦然地说:"我这靴子是预备晴

天穿的,不是踩冰凌的。脚扎破了还可以长好,新靴子被磨破了岂不可惜!"

(讲述:肖　成　搜集整理:肖光学)

换 袜 子

从前，在县城西北十里王庄，有个王财主。他有个儿子，名叫小乖乖。小乖乖早晨爱睡懒觉，一天，上学的时间到了，小乖乖慌忙起来穿衣后，背着书包就走。刚走到学堂，先生发现他一只脚穿的是红袜，一只脚穿的是绿袜，就叫他回去换一下。

小乖乖立即回家，很快又来到学堂，说："先生，不用换了，屋里那双袜子，也是一只红的，一只绿的。"

（讲述：王义然　搜集整理：计守申）

天塌下来的时候

从前，有个人，不去干活，躺在炕上想：天塌下来多好哇！天塌下来的时候，把世上的东西都砸在下边，就留个大闺女和我——我们俩成了两口子，甜甜蜜蜜地活在世上，多美哟！

谁知就在这时候，猛听"轰隆"一声响，天真的塌下来了！天真的把世上的东西都砸在了下面，真的就留下了他和一个大闺女。他可乐坏了！谁知那闺女四处望望，对他哭起来了：

"唉！这都是你想出来的好事啊！如今世上就剩你和我，别的甭说，饿就饿死了！"

这人一听，对呀！他想：要是再来一个做饭的，那就行了。他刚想完，真的就出来个做饭的。他立刻又乐了！谁知做饭的朝四处望望，立刻对他唠叨开了：

"米也没有、面也没有、油也没有、盐也没有、柴也没有、锅也没有——什么都没有，这可让我怎么做出饭来！"

这人一听，对呀！他想：要是再来个碾米的、磨面的、榨油的、熬盐的、打柴的、铸锅的，这回就行了。他刚想完，这些人真的就出来了。他又乐坏了！谁知这些人四处望望，愁眉苦脸地对他说：

“唉！谷子也没有、辗子也没有……”

“唉！牲口也没有、磨也没有……”

“唉！芝麻也没有、家具也没有……”

“唉！海也没有、太阳也没有……”

“唉！山也没有、树也没有……”

“唉！铁也没有、火也没有……”

这人一听，立刻抱着脑袋叫起来：“哎呀，天哪！要是都有了，除非天别塌下来；如今天已塌下来了，这可怎么办！”他一着急，急得出了一身虚汗，睁眼一看——原来天没塌下来，是他做梦呢！

（搜集整理：张士杰）

猫不会吃鱼

从前，有个人到集上去买鱼。他买了一条大鲤鱼，用柳条穿好了，提着就要往家走。没走几步，忽然想起——做鱼得用作料呀，光买鱼，没买作料怎么行？

他就走进一家杂货铺，把鱼放在柜台上，忙掏钱买作料——花椒、大料、姜什么的，买了一大包。他正低头往口袋里装作料的时候，不知打哪来了一只大花猫，叼起鱼来，跳下柜台就跑了。

伙计忙对那人喊：“坏了！坏了！”

那人一抬头问：“怎么啦？”

伙计说：“你的鱼让猫叼走了！还不快追呀！”

那人一笑说：“不碍事的。”

伙计着急地说：“怎么不碍事？猫会把鱼吃了的！”

那人忙又把作料掏出，手托作料不慌不忙地说：“你着什么急呀？猫不会吃鱼，猫只叼去了鱼，可没叼去作料，这它怎能吃鱼？我敢打赌——一会儿猫还得把鱼给我叼回来！”

（搜集整理：张士杰）

王三做生意

传说王三是同州府①人氏。有一天,他听说凉州驴很好,价钱又便宜,他就放下地不种,借了五百两银子,上凉州做生意去了。

到那里,五百两银子买了四头驴。他赶着驴往回走,整整走了三天。这一天他到一个店里歇息,看见有一个人赶着六只羊,他想:赶驴,天天晚上得起来给驴拌料,累得觉都睡不好,哪有赶羊好哇,晚上又不要拌草。想着想着,他就对赶羊的说:“伙计,咱们俩换换行吗?我的四头驴换你六只羊。”那赶羊的一听,简直喜坏了,连说:“行,行,行!”

这样,王三用四头驴换了六只羊。

第二天,他赶着羊上路,但是那些羊都不听他的话。他往东赶,羊往西跑;他往西赶,羊往东窜。把王三急得满头大汗,最后他一步也赶不动了,只好坐在一块石头上喘气。

正在这时,一个卖西瓜的担着一担西瓜过来了。虽然担子很重,可是走得很轻快。他一边走,一边喊着:“甜西瓜!”

王三正热得难受,听见卖瓜,就叫住那人,买了一个瓜吃。他一边吃一边想:“担西瓜多好啊,不如和他换一换。”想着想着,他便向卖瓜的说:“伙计,咱们俩换换,我的六只羊换你那担瓜。”

卖瓜的立刻同意。于是王三的六只羊又换了八个瓜。

这下子,王三高兴极了,他担着担子就走。起初,还觉得不太重,谁知越担越重,这时他走进一个胡同。这个胡同很长很深,两边不透风,正是六月天,太阳火毒,热得他难忍。他又热又累,浑身是汗,一步也走不动了,正巧,从对面来了一个人,打着一把凉伞,走得轻快极了。“好凉快啊!”王三忙向那人喊道:“伙计,我的这些瓜换你的伞好吗?”那人非常愿意。于是,王三的八个瓜又换来一把伞。

他打着伞,高高兴兴地往回走。走到村边,忽然刮来一阵旋风,把伞顶

---

①同州府:今陕西大荔县。

一下子揭跑了。王三手握着伞把子愣了半天……

从此以后,王三老老实实地在地里干活儿,再也不去做生意了。

大家知道了这件事,就给他编了一段小调唱起来:

四驴倒六羊,生意比人强;
六羊换八瓜,生意也不差;
八瓜倒个扎拉子①,
一风吹得剩个把把子。
从今再不做生意,
老老实实种田地。

(讲述:徐志珍　搜集整理:杨治发)

“白崖”打死的人

有个人,胆儿小,顶怕死。听见个风吹草动,吓得蒙上被子不出门;到了黑夜,听得狗咬鸡叫,心就“咚咚咚咚”地跳,竖起两个耳朵,睁大两眼到天亮。这且不说,他害怕死:人死了,多可怕呀,装进棺材,黑咕隆咚埋进深土坑坑里,重腾腾压上黄土,不透气儿。听说,魂灵儿还要鬼牵着,去游十八层地狱,地狱里下油锅,上刀山……甭说死了看见,听一听他就怕得没命儿了。

这一天,他想起死,越想越怕,怕得浑身淌冷汗。正巧,听人说街前来了个算命的,能算生死,怪灵验的,他便去算了一卦。算命的说:“你今年有个铁门槛,过去了,就没事儿了,过不去就难说了。”这一下,把他吓得浑身打战,上牙打下牙,忙说:“哎呀,先生哪,你,你,你看有救没?”算命的说:“命由天定,生死咋救!万事小心为高,熬过今年化凶为吉!”

这么一来,这人就吓得不敢出门了,一出门不远就是山,怕山倒下来砸死;近处就是河,怕掉在河里淹死;不敢上街走道,怕碰上车马碾死;不敢串门闲谈,怕人家的黄狗娃咬死;屋里也不敢坐了,怕房子塌下来压死。说来

①扎拉子:即伞。

才怪,连馍也不敢吃了,怕噎死;连水也不敢喝了,怕胀死!一天到晚在院子里吓得“啪啦啦”打颤颤。

不吃不喝,天天怕死,没过几天,他就瘦成一把骨头了。肚子叽叽咕咕饿得也受不住了。没法儿就自个儿拌了一碗炒面,捏了几个“朵儿”来吃。他捏了一个,仰起头来,往嘴里丢;不料胳膊无力,手儿打颤,“朵儿”哗啦一下掉了,这掉下来的“朵儿”在他眼里就像一个白土大崖塌下来了!吓得他“啊哟”一声,倒在地上,断了气儿。

说来他是叫炒面“朵儿”——不,叫“白崖”给打死了。

(讲述:滕玉柱　搜集整理:谢承华)

属鹌鹑的

有个财主养个憨儿子,二十多岁了啥也不懂。这天,财主给儿子二百五十个钱,叫他进城学本领。

憨子掂着个鹌鹑笼子进城了。到城里,他走进一家炒菜馆,把二百五十个钱往桌上一放,就喊堂倌点菜。点啥菜呢?旁边有俩老先生在互相问候,这个问“贵姓”,那个问“高寿”。憨子听见了想着是菜名,就说:“先来个热贵姓,再来个冷高寿,外加一碗清汤。”

堂倌一听,知道他是个二百五,就想整治他一下。他回身随便拿了两盘剩菜,舀一碗刷锅水端了出来。憨子吃喝完了,喊堂倌算账。

堂倌见桌上放二百五十个钱,就说:“‘贵姓’一百二十五,‘高寿’一百二十五,清汤外加一文,合计二百五十一。”憨子把钱全给堂倌,还差一文。堂倌叫他留下鹌鹑笼子,回去拿钱来赎。

憨子怕找不到这家菜馆,见门口挂一串蒜,暗暗记在心里。

第二天,憨子带着钱进城赎鹌鹑。谁知那家菜馆把门口挂的一串蒜取了,憨子咋也找不着。有个算卦先生问他找啥,他说找“挂蒜”的。算卦先生说:“世上只有算卦的,哪有卦算的?你是把话记颠倒了吧?”憨子说:“对对,我记错了,我是找蒜挂的。”算卦先生说:“那好,我就是算卦的。要算卦得先报属相,你是属啥的呀?”憨子说:“我赎鹌鹑的。”算卦先生一愣:“嗐,十二属相哪有鹌鹑呀？你真是个二百五！”憨子连声说：“对对，你算得真准。我就是二百五，这个数花光，还欠人家一文钱哩！”

（讲述：邹洪俭　采录：曹宝泉）

有点儿面熟

有个人叫王二，忘性特别大。这天他家来了客，老婆叫他到集上去买菜。

王二刚走出村，忘了老婆叫他买啥菜了，只好又回来问老婆。走到自家门口，记不清是不是自己的家了，正好见他老婆出来，他忙上前问：“请问大嫂，这是不是王二的家呀？”他老婆一听好恼，伸手给他一巴掌。他捂着脸说：“哎，问你个人家，你咋打人呀？”

这时他闺女出来了：“爹，她是俺妈呀！”王二仔细瞅瞅他老婆，说：“噢，我说看着有点儿面熟。”

（讲述：于青龙　采录：陈连忠）

狗与犬

有个佃户领着自己的狗来到财主家。财主说：“小心你的狗，不要吓着我的犬。”佃户没听明白，问：“狗就是狗，你养的狗为啥叫犬呀？”财主说：“你没睁眼瞅瞅，我那犬两只耳朵支棱着，你那狗两只耳朵耷拉着。”

第二天，佃户把两个钱塞到狗耳朵里，带着它又到了财主家。他对财主说：“你看，我的狗也变成犬了。”财主一看，佃户的狗真的支棱着耳朵。狗耳朵里塞着钱不好受，不住地摇头摆尾。佃户指着狗骂开了：“你这畜生，变成犬就神气起来啦？老子知道你有钱，把钱给你一取，你还得变成狗！”

（讲述：焦　根　采录：温乐峰）

兔子没把我当成人

有个老财主的三女婿是个庄稼人,这天三女婿去给老财主拜寿,老财主一家都看不起他。老财主没好气地问:“你咋来这么晚呀?”三女婿说:“我走到半路上碰见个怪事,误了点时间。”老财主又问:“啥怪事?”三女婿说:“我走路走累了,坐路边歇歇。有个兔子一头碰到我身上,我逮住它掂集上卖了。”老财主说:“难道那兔子没眼,就没看见你吗?”三女婿说:“不是兔子没眼,是兔子没把我当成人。”

(讲述:刘太山　采录:孙天冬)